EN MODE VOILÀ QUOI

À Lucie, Marie, Elsa et Jeanne,
mes amies de toujours.

Slalom, un département d'Édi8
92 avenue de France, 75013 Paris
www.slalom-editions.fr
Correction : Marion Bello
Couverture : La Bonne Adresse

Loi n° 49-956 du 16 juillet 1949 sur les publications destinées à la jeunesse, modifiée par la loi n° 2011-525 du 17 mai 2011.
ISBN : 978-2-37554-344-3
Achevé d'imprimer en France en juin 2022 par N.R.I s.a.s. (2202016)
Dépôt légal : juin 2022

Camille Fievez

EN MODE VOILÀ QUOI

Slalom

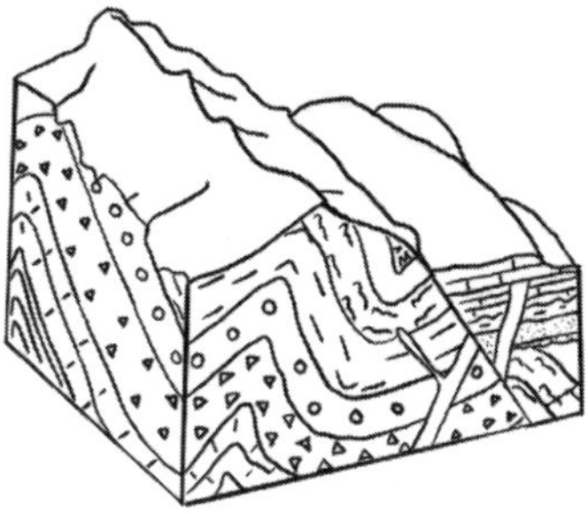

SEPTEMBRE

Fascination

Vendredi 3

Ce matin, c'était le premier jour de mon année de première. Je portais mon jean préféré que je n'avais pas mis depuis des semaines pour être sûre qu'il soit propre pour ce jour-là. J'avais tressé tous mes cheveux dans une natte collée qui faisait le tour de ma tête pour me donner un côté inquiétant de Suédoise apprêtée. À chaque rentrée, je me permets une coquetterie que je n'aurais jamais osée l'année précédente pour que les nouveaux élèves pensent que c'est dans ma personnalité de porter une coiffure élaborée ou un pin's sur ma veste. (Ça, c'était ma tentative de nouveauté de l'année dernière, j'avais mis un pin's ironique « Intermarché Meudon ». Mais personne n'a remarqué, enfin, je crois qu'il est tombé par terre avant même que j'arrive au lycée, enfin, je ne sais pas, bref.)

Comme à chaque fois, j'ai marché dans la rue du lycée en m'imaginant être au cœur d'une séquence filmée en travelling latéral rythmée par le défilé de platanes qui bordent toutes les rues de Maisons-Alfort. En arrivant devant le parvis, je me la joue *teen-movie* américain quand le héros traverse un couloir bordé de casiers et d'élèves archétypaux. Je brave la foule au ralenti (dans ma tête hein, je ne suis pas complètement timbrée), mais à la place des clichés genre pom-pom girls trop belles ou joueurs de l'équipe de football qui n'ont pas du tout l'air d'avoir l'âge d'être au lycée, il n'y a que des adolescents trop moches de banlieue parisienne, tous pareils avec des pulls boulochés et des peaux à problèmes.

Ici, personne n'est la star du film, tout le monde est moche. Moi la première. Je n'ai pas de rôle principal, je ne suis même pas une silhouette parlante, tout juste une figurante en fait. Mais c'est toujours mieux que Jérôme Abittan, qui vient de m'écraser le pied au ralenti. Lui, il n'a pas atteint le stade de figurant, il n'a même pas son nom au générique. C'est un badaud qui se balade sur un tournage, les mains croisées dans le dos. Jérôme est né avec une multitude de cheveux blancs sur des cheveux très noirs et il est doté d'une mollesse qui rend fou. Les profs serrent les poings dans leurs poches quand il parle. Il est né vieux, c'est un Benjamin Button mais bloqué au début du film, avec une tache de dentifrice sur le pull. Il y a toujours quelqu'un pour commenter : « C'est du sperme lol[1] ? » Globalement, il prend cher et j'en suis le témoin privilégié puisqu'on est inévitablement dans la même classe chaque année.

1. J'ai eu plusieurs avis sur l'emploi du mot « lol » à l'oral. Je trouvais ça ringard au début, puis complètement ironique, bien stylé comme je kiffe, puis là, moi, je suis passée à « mdr ». Plus indé.

En arrivant au milieu du parvis, j'ai mis fin à mon délire au ralenti en disparaissant dans la mêlée que forme la masse d'élèves qui essaient d'entrer tous en même temps par la toute petite porte du lycée. Une tête est sortie d'entre deux sacs à dos, comme celle de Jack Nicholson dans *Shining* : « T'as vu Crétacé Tertiaire ? En vrai, j'ai juré, elle s'est endormie au Point Soleil même en fait. » C'était Lucie.

Lucie, c'est mon autre, la force de ma foi, ma faiblesse et ma loi. Elle parle comme un mec de cité dans un reportage sur les banlieues chaudes bien qu'elle soit issue de la bourgeoisie de Maisons-Alfort et qu'elle habite un luxueux duplex près du métro. Elle est tellement petite qu'à chaque fois, le flot d'élèves la compresse, la soulève et l'emporte sans qu'elle ait à poser pied à terre. Comme tous les vendredis, elle a disparu, engloutie dans les méandres du bâtiment B en criant « ON VA CHEEEEEEEEZ MOIII aaaaprès les couu-- ».

C'est toujours un déchirement de rejoindre nos classes respectives, livrées à nous-mêmes. Surtout au début de l'année, quand les cartes sont rebattues et qu'on n'a plus aucun repère (sauf Jérôme, pour ma part...). Bien qu'on n'ait jamais été dans la même classe, on est restées amies à travers les âges depuis notre rencontre, unies par la haine commune de Jessica. Aka « Crétacé Tertiaire ». (On l'appelle comme ça à cause de la démarcation de fond de teint entre son visage et son cou, comme entre deux strates géologiques.) Crétacé Tertiaire, c'est une ultra-pouf qui n'a pas de sac à dos pour ranger ses livres mais un sac baguette minimaliste en simili cuir. Elle s'habille et se maquille comme les vieilles de trente-cinq ans. Elle a des gros seins qu'elle assume et qu'elle moule dans des petits tops en lycra, que moi je n'oserais jamais porter.

On a commencé la journée par le cours d'option cinéma, ma raison de vivre. La prof s'appelle Mme Fostier, elle a directement fait l'appel :

— Abittan Jérôme ?

Je n'ai jamais eu de prof aussi jeune, c'est presque déstabilisant. Elle a une coupe courte déstructurée fixation béton, mais ça reste un sbire de l'Éducation nationale donc elle a un style épouvantable. On dirait un peu Gavroche avec son pantalon kebab[1] marron et sa blouse crème trop grande, on croirait une chemise à jabot. Je n'ai jamais compris pourquoi les profs étaient aussi mal sapés, comme s'ils vivaient sur leur planète d'enseignants où le mascara bleu et les ensembles en tweed sont encore à la mode. Ils n'ont pas d'amis pour leur expliquer qu'ils ont un style horrible qui fout le cafard. Jérôme a geint :

— Prééééséhehent, avec sa voix la plus molle et la plus nasillarde.

Toute la classe s'est tendue d'un coup. J'ai senti les dents de tout le monde se serrer très fort. Encore une fois, je suis dans la même classe que lui... Parfois, je me demande quel nom il écrirait en premier si un Death Note venait à lui tomber entre les mains et qu'il pouvait commanditer

1. Ça veut dire mal coupé, moi-même en relisant je n'étais plus sûre de capter.

l'exécution immédiate de l'un d'entre nous rien qu'en y inscrivant un nom. Probablement Jessica !

Gavroche a continué :

— Berthier Louise ?

Jessica fait trop peur car elle regarde tout le monde de haut et donne l'impression d'avoir déjà tout vécu. Je l'imagine rejoindre un vieux après les cours, puis aller en boîte comme si elle n'avait pas cours de SVT le lendemain matin. Ses cheveux sentent la cigarette comme ceux des tatas. C'est sûr que Jérôme la choisirait en premier en précisant une mise à mort ultra-violente, genre dévorée de l'intérieur par un terrible ver solitaire incurable. La prof a répété :

— Berthier Louise ? Elle est pas là ?

C'est moi, Louise Berthier ! J'ai hurlé :

— Si, merde, c'est moi ! Pardon !

— Bah alors, on rêve ? À quoi vous pensiez ?

— Euh... à... un terrible ténia incurable.

— Ah.

Et voilà comment j'ai complètement foiré mon entrée. C'est simple, je n'ai même pas osé me retourner pour voir la réaction de mes pairs. Ce n'était pas encore aujourd'hui que j'allais redorer mon blason. Je suis la petite eau sur le dessus du yaourt, tout le monde me déteste. C'est là que j'ai entendu un rire de hyène derrière moi. J'ai craqué, je me suis retournée, et là j'ai réalisé :

CRÉTACÉ TERTIAIRE EST DANS MA CLASSE DE CINÉMA !

J'ai sursauté et j'ai tenté de déguiser mon cri de stupeur en cri de... je ne sais pas quoi ! Aucune autre émotion ne justifie de crier à la vue de quelqu'un. J'ai eu le même ascenseur émotionnel que sous la douche : je crois voir une araignée sur le mur et je réalise que c'est simplement une boule de mes propres cheveux. Comme j'étais entrée tête baissée dans le cours et que j'avais pris une place le plus près possible du radiateur au premier rang, je ne l'avais pas remarquée. J'aimerais me faire un lissage brésilien pour ne plus avoir des frisottis partout. Je ressemble à un zinzin de l'espace, ça me saoule.

Samedi 4

Heureusement, hier je suis allée chez Lucie après les cours. J'adore traîner chez elle car c'est ultra-cosy et bien approvisionné. Elle habite un duplex suréquipé ultra-design digne d'un magazine déco. Le moindre objet a été « chiné », ça veut dire « payé très cher à un designer ». Tout y a été pensé pour être pratique et demander le moins d'efforts possible, tous les objets sont connectés, même l'aspirateur se démerde tout seul. Il y a quand même quelques trucs loufoques d'antiquaire dont sa mère adore raconter la provenance, comme le vide-poches en verre rouge en forme de poisson mort. « Ah ça ? Mon plat en barbotine de Vallauris, je l'ai payé une petite fortune mais je l'adore ! » J'aurais juré avoir vu un truc similaire au Centrakor de Créteil mais je n'ai pas l'œil aiguisé des bourgeois, je pense.

Au-delà de la déco, ce que j'aime chez eux, c'est l'opulence. Leurs placards et leur frigo dégueulent de produits de marque qui passent à la télé. Ils sont du genre à croire aux bienfaits de l'Actimel et ne voient pas de problème à payer une fortune pour des shots de yaourts liquides suremballés. Ils ont toujours plusieurs bouteilles de jus différents entamés (impensable chez moi). Quand je vais chez eux, la mère de Lucie, Emmanuelle, me demande à chaque fois des nouvelles de mes parents parce qu'ils sont vieux. Ils m'ont eue dans leur quarantaine bien tassée. Alors oui ils sont plus âgés qu'elle, mais bon, ils n'en sont pas au stade fuites urinaires, même si c'est vrai qu'ils sont très *old school* dans leurs têtes. J'ai l'impression qu'Emmanuelle, elle, adore se sentir jeune.

Dimanche 5

Je suis allée chercher une tradition et le *Télé-Loisirs* pour ma mère. Comme à chaque fois quand je passe à la caisse, le libraire m'a dit : « Alors... *Télé-Loisirs* pour Corinne... Comment elle va ta mère ? » Je ne réponds jamais car il finit toujours par commenter la couverture du magazine avant que j'aie le temps d'en placer une. Peu importe qui est dessus, il ajoute « Je peux pas me la voir, elle... Allez, bon dimanche ma grande » et je me barre en criant « Bonne journée » super fort parce qu'il est un peu dur de la feuille.

Sur le chemin du retour, une camionnette de chantier s'est arrêtée pour me laisser traverser au passage piéton alors que c'était vert pour eux. Ils étaient trois à l'avant et me souriaient. Le plus proche de la fenêtre a glissé sa tête hors de la voiture pour me crier « Charmante ! » Je n'ai rien répondu alors il m'a dit que j'étais moche. Dommage. Je portais des leggings et un tee-shirt noirs. Avant de les croiser, je me sentais bien, je me trouvais une allure de danseuse contemporaine comme dans les spectacles pénibles de la Maison des arts de Créteil. J'aimerais trop avoir de vrais Dr. Martens pour le lycée.

Mercredi 8

Ma mère me saoule grave. Elle passe son temps à critiquer tout le monde, on dirait que sa vie est un véritable calvaire alors que c'est la mienne qui en est un ! Parfois j'aimerais habiter chez Lucie pour vivre dans un endroit beau tout simplement. J'en peux plus de notre appartement, il est surchargé. Surtout depuis qu'on a récupéré une grosse partie des affaires de ma grand-mère dont personne dans la famille n'a voulu. Le salon est encombré par un énorme buffet en merisier sombre qui rend triste, avec ses vitrines qui laissent apparaître notre collection de plus de trois millions de verres de toutes tailles que mamie a accumulés au cours de sa vie. Les verres à porto, les flûtes, les coupes, le service à cidre ainsi que toute la collection Ricard cohabitent avec nos verres Duralex qu'on a « gagnés » en échangeant nos points Super U... En fait, c'est un stand de brocante de banlieue : les milliers de vieilles babioles sont agrémentées de babioles plus récentes achetées le dimanche chez *Super Bazar SARL* quand les magasins cool sont fermés mais qu'on a quand même l'irrésistible envie d'acheter des daubes. Comme si le salon n'était pas suffisamment oppressant, toutes les surfaces en hauteur sont colonisées par les créations de poterie de ma mère. On dirait des objets fabriqués par des handicapés moteurs. Heureusement, quand on rentre notre regard est attiré par la pièce maîtresse de notre demeure, le gros canapé à appuie-tête. C'est le modèle le plus moche des magasins But et le plus cher des premiers prix comme tout ce qu'on a chez nous. Ainsi, il s'abîme plus vite que le modèle un peu plus cher et on rachète le même après quelques années. Par conséquent, on a continuellement des trucs moyens mais pour plus cher que des trucs stylés. Mon père m'appelle pour manger.

On a mangé du pain perdu pour liquider tous les trognons qui zonent dans la huche à pain. Trop bon. Je disais, chez moi ce n'est pas le temple du feng shui. C'est peut-être pour ça que mes parents sont stressés pour n'importe quoi. À la maternelle, la première chose que faisait la maîtresse, c'était de m'enlever les mille couches de vêtements que mes parents m'avaient collées sur le dos. De surcroît, je sentais toujours l'eucalyptus parce qu'ils m'administraient un suppositoire préventif pour me protéger des virus. Je ne pouvais donc pas péter sans que ça sente la menthe chimique. Je pense qu'aujourd'hui, ce serait considéré comme une violence éducative ordinaire. D'autant qu'ils m'ont bien transmis leur inquiétude : pas un jour ne passe sans que je pense à ma mort et à celle de tous mes proches. Je compte et recompte la différence d'âge que j'ai avec mes parents pour estimer l'âge auquel je devrai surmonter leur perte. Mon père en a soixante. Moi, j'en ai seize. S'il meurt à quatre-vingts ans, j'en aurai trente-six. Il connaîtra à peine mes enfants.

Dès que je réfléchis à ça, une tristesse m'envahit et je sens mes muscles faiblir comme si je ne pouvais jamais plus trouver la force de continuer la vie. J'ai tellement honte de pleurer pour un calcul mental que je n'en parle à personne. Parfois, j'y pense plusieurs fois dans la journée. Oh wow, j'ai peur d'être cinglée. Personne ne voudra jamais sortir avec moi.

Vendredi 17

Jamais une heure de cours n'est passée aussi vite !!!

Ça commençait mal car Gavroche a proposé qu'on fasse un tour de table pour que chacun parle de son film préféré à la classe. Déjà, parler en public je déteste, mais affirmer ses goûts devant toute la classe c'est « cringe de ouf », comme dirait Lucie. J'étais certaine que les autres seraient super pointues et auraient vu à la fois tous les classiques et tous les films sortis cette année. J'ai commencé à stresser et à imaginer que je pourrais m'en sortir par une blague en prétendant que mon film préféré était *Allad* 2, la suite d'*Alladin.* J'étais convaincue que quelqu'un citerait *Citizen Kane* en mode prétentieux. Le film est irregardable, personne ne l'a vu en entier sans scroller sur son portable en même temps.

Dans ces moments-là, quand il faut montrer sa personnalité, je me sens vraiment comme Garou à The Voice, jamais la star du jury, sympathique mais sans univers particulier, au point de sortir un album de reprises façon jazz (mon père l'écoute tout le temps en voiture). (À cause du réflexe de Pavlov, dès que j'entends une chanson de Garou, j'ai le mal des transports.) Alors que je pensais à son costume de Quasimodo dans *Notre Dame de Paris*, quelqu'un dans la classe, a dit : « Moi mon film préf, c'est *Les Tuches* 3 ! Des frites ! Des frites ! Des frites ! » Silence puis éclat de rire général. Je me suis retournée pour découvrir qui pouvait être aussi hilarant. C'était le voisin de table de Jessica, dont elle semblait très proche vu son rire démoniaque et surjoué, comme si elle cherchait à lui prouver qu'elle avait mieux compris la blague que tout le monde. (Les chroniqueurs de Nagui font tout le temps ça sur France Inter.) (Mon père est fan de Nagui.) Il est ultra-beau, brun, cheveux en bataille, marinière, mec trop cool, marrant, charme de ouf, mes joues se sont mises à chauffer direct, j'ai cru que mes oreilles allaient exploser. (Je parle du mec de ma classe, pas de Nagui mdr.)

Mais d'où il sort, lui ? Est-ce que c'est le mec de Crétacé ? Tout ce que je sais, c'est que depuis le cours, j'ai le ventre noué, je n'ai plus été capable d'avaler quoi que ce soit. J'aimerais bien le suivre pour savoir où il habite. Je nous imagine déjà en *date* à prendre un menu à volonté au Pizza Hut de Saint-Maur. On serait le couple iconique du lycée : à la fois, tout le monde saurait qu'on est ensemble mais on ne le montrerait jamais, en mode Jean-Pierre Pernaut et Nathalie Marquay. (Rappel : mes parents lisent *Télé-Loisirs*.) Après ça a sonné et j'ai pris mes affaires comme si mon existence ne venait pas d'être bouleversée par la découverte de Mehdi (il s'appelle Mehdi, trop mignon non ? Je ne vais pas respirer le même air que lui avant une semaine). Oh Jésus Mehdi Joseph ! (C'est une blague que je lui ferai le jour où je lui parlerai.) Faut que je trouve comment m'habiller la semaine prochaine.

PS : J'ai dit que mon film préféré, c'était *La Petite Voleuse* de Claude Miller. Je l'avais regardé pendant que mes parents dormaient. Dans le film, Charlotte Gainsbourg fait plein de trucs horribles. Elle fugue, elle plante une fourchette dans la main d'une fille de sa classe et elle trompe son copain. Pourtant, ce qui m'a le plus choquée, c'est qu'elle mente effrontément à ses parents. J'adore la scène du salon de thé, quand elle est avec son père devant le chariot à desserts. Il lui demande quelle part de gâteau elle voudrait. Elle répond qu'elle devrait choisir celle qui lui plaît le plus, mais que c'est plus fort qu'elle, elle finit toujours par prendre la plus grosse.

Samedi 18

Comme à mon habitude, vendredi je suis allée chez Lucie avec une culotte et mon pyjama. Sur la table design du salon, trônaient un petit mot d'Emmanuelle (« Prenez des sets de table ») et un billet de vingt euros pour commander des pizzas. On a pris deux Bacon Groovy, la nourriture des dieux. Lucie a encore laissé toutes les croûtes sur le côté de son assiette. Les gens qui ne mangent pas la croûte aiment-ils vraiment la pizza ?

Puis on a joué à *Zumba Burn It Up !* sur la Switch de son père et ça s'est mis à sentir le faucon dans le salon. Lucie m'a accusée d'avoir pété pendant dix minutes malgré mes multiples protestations, elle insistait : « Ouais c'est ça, mytho ! T'as teps frère ! » Ça me tue de rire quand elle parle comme un truand avec son petit corps. On a fini par aérer. On a un peu fouillé dans les affaires de son père. C'est une espèce de papado[1], il a sa propre pièce rien qu'à lui, avec des jouets d'adulte. C'est-à-dire tous les objets high-tech possibles genre iPad, iMac, palettes graphiques et une gym ball. J'espère que j'aurai plein de trucs cool comme Laurent quand je serai adulte mais sans être comme lui, parce que j'espère ne pas ressembler à Jim Carrey dans *Dumb et Dumber*, quand je serai adulte. Il n'a pas les oreilles décollées mais il porte quand même des tee-shirts normcore oversize pour se persuader qu'il est toujours dans le coup alors qu'il a simplement l'air d'un jeune vieux en rehab. Je ne sais pas comment sa femme le supporte, elle fait toutes les tâches pénibles pendant que lui joue dans sa chambre comme un gros bébé. Là, par exemple, elle était au Salon du meuble de Milan pour son travail, donc lui s'est tout naturellement accordé le droit de ne pas être là non plus en s'offrant un week-end entre potes. Tant mieux. On s'est jetées plein de fois sur le gym ball pour rebondir dessus et se fracasser par terre. On s'est arrêtées quand Lucie a manqué de se faire le coup du lapin contre le coin du bureau.

Puis, on est montées dans sa chambre à l'étage, mon paradis. Elle est super bien décorée avec de la peinture couleur terracotta, des trucs en rotins et des petits objets déco trop mignons partout, tout le contraire de mon horrible piaule,

1. Papa qui n'assume pas son rôle de père et tente donc d'être ami avec son ado en se comportant comme lui (ultra-gênant).

avec ma housse de couette Tintin et la grosse armoire qui sert de dépotoir à tous les membres de ma famille. Elle a même un carré de son mur peint avec de la peinture ardoise sur laquelle on peut écrire à la craie. Je lui laisse toujours des petits mots et on se fait des morpions à l'infini. Mais aujourd'hui, j'ai écrit « Mehdi » avec un cœur sur le « i ». Je lui en ai rebattu les oreilles toute la soirée pour lui décrire à quel point il est merveilleux. C'est une sorte de Timothée Chalamet d'Agrabah, comme en témoignent les photos de son Instagram que je connais désormais par cœur. Je les ai regardées sur le téléphone de Lucie. Il y en a trois. La première est une photo de groupe prise à la fin d'un escape game. Il pose déguisé en Sherlock Holmes avec d'autres gens inconnus au bataillon. Quel homme mystérieux. La suivante, c'est une photo d'Al Pacino dans *Scarface*. Quel homme de goût. (Faudra que je pense à prendre le DVD à la bibli.) Et la troisième, c'est une photo de lui en col roulé noir sur un fauteuil en cuir, qui fume un cigare pas allumé. J'ai analysé les commentaires et les likes de filles sur toutes ses photos pour savoir si une potentielle rivale existait. Je n'ai rien trouvé de concret pour le moment, pourvu que ça dure.

Vers 1 heure du matin, on s'est glissées dans le lit de Lucie. Elle a une housse de couette en gaze de coton rose poudré, c'est comme se lover dans un nuage. On a mis une musique de relaxation avec des bruits d'océan puis on a commencé à faire des cris stridents de dauphin par-dessus. Entre deux vagissements de cétacés parfaitement exécutés, j'ai entendu des coups sourds comme si quelqu'un déménageait au beau milieu de la nuit. J'ai immédiatement éteint la musique. Ça venait d'en haut. J'ai tout de suite pensé qu'il y avait un cambriolage juste au-dessus de nos têtes, sûrement des gens armés qui allaient descendre en rappel par la fenêtre et tomber nez à nez avec deux ados moches en train d'imiter des dauphins dans une chambre terracotta. Déconcertées par ce spectacle navrant, ils ouvriraient le feu sans sommation et canarderaient ce magnifique décor d'inspiration scandinave. Je savais que j'étais promise à un destin tragique mais je ne pensais pas qu'il me tomberait dessus dès mon année de première. « Bah nan, c'est la voisine qui se fait bouyave », m'a coupée Lucie, sûre d'elle-même.

J'ai dit « Quoi ? » Elle m'a répondu avec aplomb : « Bah la voisine s'fait souvent secouer en ce moment. » Je n'avais jamais entendu de vraies personnes copuler, que des acteurs, j'étais sous le choc. Là, Lucie m'a lancé : « Cap d'aller frapper chez elle pour lui demander si elle a du sucre ? » J'ai dit non bien sûr. Puis elle m'a travaillée au corps : si je le faisais, elle m'aiderait à m'arranger le coup avec Mehdi, d'une manière ou d'une autre. J'ai mis mes *shoes* tout de suite, pour monter à l'étage du dessus. Lucie m'a suivie, hilare. On a grimpé l'escalier quatre à quatre et, arrivée là-haut, j'ai traversé seule le couloir qui menait à la porte d'entrée de la voisine. Mon cœur battait à fond, de stress, et aussi parce que j'avais bu des litres de Sunny Delight au cours des dernières heures. Lucie est restée cachée dans le renfoncement de l'ascenseur pour m'observer, les mains sur sa bouche pour que son rire de cochon truffier ne résonne pas à travers tout l'étage.

J'ai toqué mollement en espérant que la voisine n'entende pas ou qu'elle ait la flemme d'ouvrir au beau milieu de la nuit. J'ai perçu une voix très proche. J'ai cru que j'allais me liquéfier sur place. Elle a ouvert et j'ai senti une goutte de sueur perler derrière mon genou. C'était une fille genre étudiante dans un ministudio trop cool. J'ai bafouillé un truc du style : « Oui, euh, désolée de vous déranger est-ce que vous auriez du sucre à dépanner pour faire, euh, des crêpes s'il vous plaît ? » (Minable.) J'ai cru qu'elle allait m'en coller une. Mais à la place elle a dit « Ah euh je vais voir ! » et elle est partie. J'ai jeté un coup d'œil vers Lucie mais elle avait complètement disparu du couloir. Quand j'ai regardé à nouveau à l'intérieur de l'appartement, une petite porte sur la droite s'est ouverte, suivie d'un bruit de chasse d'eau, et un homme à moitié à poil est apparu. Nos regards se sont croisés et j'ai roté de stress. C'était Laurent. Le père de Lucie.

Lundi 27

Je n'ai rien dit à Lucie. J'ai essayé de formuler l'information dans ma tête mais je n'ai trouvé aucune façon douce de lui dire qu'en fait c'était son père qui faisait crier la voisine. Si on m'avait dit ça sur le mien, j'aurais vomi direct et pleuré et frappé la personne qui me l'aurait annoncée. Je suis dégoûtée pour elle et puis je n'ai pas envie qu'elle me tabasse en vomissant mdr. Comme maintenant Laurent sait que je sais, il va tout arrêter et rentrer dans le droit chemin. Je pense que c'est mon devoir de ne rien dire en attendant que ça se tasse. Je pourrais lui soutirer du cash contre mon silence ? Ou un iPhone ? Après, mes parents se demanderaient d'où je sors ce bijou de technologie et ils croiraient que je deale de la drogue ou que je me prostitue. Ouais, bon, je pense que je vais juste mourir avec mon secret, je me sens trop mal de savoir ça. C'est insoutenable car dès que je vois Lucie, peu importe le sujet qu'elle aborde, j'ai les images de son père à poil chez la voisine.

À part ça, entre elle et moi, rien n'a changé, c'est toujours la même routine. On se retrouve à la cantine en courant comme des maboules pour être le plus haut possible dans la file et se tasser contre tous les autres. Je prie pour tomber au même moment que Mehdi et pouvoir l'approcher et sentir son odeur. (Il sent le danger.) Mais ça n'arrive jamais. En revanche, je me retrouve souvent collée à Jérôme Abittan. J'aime bien lui taper sur l'épaule du côté où je ne suis pas. On ramasse nos plateaux et on dit bonjour au mec qui rationne les élèves à un seul morceau de pain. On l'appelle « M. Pain ». À voix haute, je veux dire, on lui dit « Bonjour monsieur Pain » et il répond « Bonjour », comme un robot. Tous les jours, je lui demande si je peux prendre deux pains comme si c'était la première fois et il me répond « Non » froidement. Ce cirque. Puis on s'installe à table et on fait tourner la carafe d'eau jusqu'à ce que son manche désigne la personne qui doit aller la remplir à la fontaine. C'est souvent moi, alors Lucie éclate de rire en hurlant *miskina*.

Quand on a fini de manger, on zone sur le banc au fond de la cour vallonée du lycée, qu'on appelle « le banc des bannis » vu que personne d'autre que nous ne s'y assoit jamais. Devinez quelle vue offre le banc des bannis ? Mehdi et sa bande. Ils sont autour d'un autre banc un peu plus bas dans la cour. J'ai l'impression, parfois, qu'il jette un œil dans ma direction. Mais je ne sais pas s'il me regarde parce qu'il sent mes yeux sur lui ou simplement parce qu'il est raide dingue de moi. J'espère qu'il ne m'a pas mise dans la catégorie des têtes d'ampoule du lycée. C'est vrai que les apparences sont contre moi. J'ai pris allemand en première langue et latin en option. J'ai un téléphone de dealer qui n'est pas un smartphone parce que mon père m'a laissée choisir entre la carte UGC Illimité et un iPhone. Même si je ne suis pas le crayon le mieux taillé de la boîte, je ne suis pas totalement conne non plus, j'ai choisi la carte Illimitée. Si j'ai pris allemand, c'est pour avoir les meilleures classes et les meilleurs profs, pas par amour de la langue, comme tout le monde.

Mercredi 29

Je viens de me souvenir que, quand j'étais petite, j'avais perdu une dent de lait en mordant dans un pain au chocolat et que je l'avais avalée en même temps que la bouchée. J'avais immédiatement demandé à mon père si c'était grave ; il m'avait répondu que, bien sûr, c'était très grave car bientôt une dent de chien allait me pousser sur les fesses et qu'elle traverserait mon pantalon et que toute la cour de récréation se moquerait de moi. J'ai vérifié mon cul dans le miroir tous les jours qui ont suivi jusqu'à réaliser que c'était probablement une blague.

Depuis le soir où on faisait les cris de dauphin, je n'arrête pas de penser au fait que les adultes font n'importe quoi. Jusque-là, ils avaient cent pour cent de crédibilité.

J'imaginais qu'à partir du moment où on avait des enfants, on devenait irréprochable par la même occasion. Ils ont quand même la responsabilité de petits êtres qui n'ont aucune conscience du danger. En fait, je me rends compte que ce sont simplement des adolescents comme nous, mais avec du pouvoir d'achat. Super dangereux !

PS : Mehdi portait un polo Ralph Lauren noir aujourd'hui.

OCTOBRE

Tentation

Lundi 4

Je crois que mon prof d'allemand, M. Galin, qu'on appelle tous « Herr Galine » avec un accent allemand exagéré de capitaine de la Stasi, a jeté l'éponge. Il passe les cassettes de compréhension orale en accéléré pour que les voix deviennent des petits cris de souris ridicules. Il nous dit : « Ça vous fait rire ? Allez, je recommence. » Et il recommence. Aujourd'hui, Jérôme a cassé son stylo et de l'encre rouge recouvrait tous ses doigts. Quand il a vu ça, Herr Galine lui a dit d'un air faussement mal joué : « Oulala mais tu t'es blessé, il faut vite aller à l'infirmerie ! » Alors Jérôme s'est levé, mi-amusé mi-mou, et il est sorti de la classe. Il est revenu quelques minutes après en disant : « Elle a dit que c'était juste de l'encre. » Herr Galine a dit : « C'est bien, Jérôme. » Tout le monde s'est marré.

En parlant de ce prof. L'année dernière, Amélia, une gothique qui sent le grenier, avait emprunté un livre de magie noire à la bibliothèque. Amélia, c'était la Noirceur incarnée, un enfant de Sauron ou une femme de Satan, je ne sais pas. Elle était toujours vêtue de couleurs sombres comme si elle était en section Arts plastiques option Ténèbres. Même M. Pain la laissait prendre plusieurs pains : un simple regard de sa part semblait pouvoir réveiller la colère des rats. Bref, elle m'avait proposé de lancer un sort maléfique à la personne de mon choix. Comme je ne prenais pas trop l'expérience au sérieux, j'ai accepté et j'ai choisi Herr Galine comme victime pour que le cours d'allemand soit annulé le lendemain et qu'on puisse finir une heure plus tôt. Elle m'a fait son numéro de sorcière en serrant mes doigts les uns après les autres et en récitant des incantations délirantes comme un enfant qui fait semblant de savoir compter. Je suis rentrée chez moi en oubliant cette histoire. Le lendemain, en arrivant au lycée, j'ai vu sur le tableau des profs absents que Galin ne serait pas là pendant plusieurs semaines. J'ai appris plus tard qu'il s'était fait renverser à vélo par un camion. Je ne me suis jamais sentie aussi mal de ma vie.

Heureusement, Amélia a disparu des radars quelques semaines plus tard. C'était une cinglée qui faisait des canulars téléphoniques à nos mères au collège. Par exemple, elle appelait chez moi en se faisant passer pour sa mère à elle qui voulait devenir amie avec la mienne. Elle aboyait puis commentait avec flegme : « Pardon, c'est mon chien... » Ma mère m'avait interdit d'aller à la piscine avec elle parce qu'elle avait peur qu'elle me noie. À juste titre, je pense.

Mardi 5

Au fait, le cours de Gavroche était génial l'autre jour. Je crois que je m'en souviendrai toute ma vie. La prof nous a raconté que pendant la grève l'année dernière, à son ancien lycée, une chaîne de télé avait promis de couvrir le départ de leur manif contre je sais plus quoi. Mais en échange, les élèves devaient bloquer leur lycée devant les caméras et accepter de refaire plusieurs fois les prises pour qu'ils puissent bien filmer le départ de leur cortège. En clair, ils devaient se mettre en scène pour que ce soit couvert par la chaîne de télé. Je n'avais jamais pensé à ça, qu'on pouvait manipuler par les images et que la télé, ce sont principalement des images. Mes parents ne s'informent que comme ça, d'ailleurs on mange devant la télé. Ce soir, j'ai voulu leur en parler mais mon père a monté le son de la télé parce qu'il voulait écouter le reportage sur l'indemnité inflation. J'aime trop Gavroche, elle est charismatique de ouf.

Mercredi 6

Ma mère, cet ange, m'a acheté plein de nouvelles fringues aujourd'hui. On est allées au centre commercial comme tous les mercredis après-midi. J'ai un peu un rapport amour-haine avec Créteil Soleil. À la fois, ça m'excite à fond d'y aller parce que j'ai l'impression que quelques simples achats pourraient me permettre de revenir au lycée métamorphosée en une version upgradée de moi-même qui changerait complètement mes traversées des couloirs. On penserait : « Elle est canon en fait, elle », « Elle a l'air trop cool », « Elle est en première option Cinéma, c'est ça ? », « Ah ouais, elle, elle a pris allemand ? Je pensais pas ». Et, à la fois, c'est super glauque de voir tous ces milliards de kilos de fringues fabriquées par des enfants. Ma mère me déculpabilise en me disant qu'on n'achète pas beaucoup de choses mais on y va quand même tous les mercredis. Est-ce que les gens se déculpabilisent tous comme ça ? À chaque fois qu'on va chez Jennyfer, je ne rentre dans aucun vêtement. Tout est minuscule et vulgaire. À quoi ça sert de faire des bodys transparents en taille douze ans au juste ? Vivement que la planète explose. Après, maman m'achète un maxi pain au chocolat à la Mie Câline et j'oublie que mon corps est monstrueux. J'ai quand même trouvé un jean mom et un hoodie tie and dye dans les tons roses.

Jeudi 7

À la cantine, Adeline est venue me voir dans la file d'attente comme tous les jours où il y a du cordon-bleu. Elle sait que je n'aime ni les cordons-bleus ni les saucisses, donc dès qu'il y en a au menu, elle vient me voir pour prélever sa part en mode la dîme et la gabelle. J'ai l'impression qu'ainsi, j'achète une protection à la mafia du lycée. C'est comme payer une mutuelle. Si un jour, j'ai un gros pépin, j'ai une petite assurance survie. Adeline était déjà avec moi en maternelle, en primaire et au collège, tout comme son frère jumeau, Désiré, qui m'a poussée dans les marches de l'école quand j'avais quatre ans. Je me suis pris une poignée de porte dans l'œil qui s'est mis à saigner. Je me souviens encore du stress des surveillants de l'école qui étaient de simples étudiants. Ils défilaient pour venir voir l'état de ma cornée. Après, j'ai eu un coquard dont j'étais super fière. Bref, on n'a jamais été proches, mais Adeline et Désiré ont toujours fait partie de mon décor et moi du leur. Ils sont tous les deux très respectés à l'école. Ils sont intelligents et dissipés, ce qui leur confère une autorité naturelle sur tous les autres élèves.

Vendredi 8

Pire journée de ma vie.

J'ai pleuré toute la soirée. Ma mère me demandait ce qui n'allait pas mais je ne pouvais pas m'arrêter de pleurer. J'avais la gorge trop serrée pour lui dire ce qui se passait. Elle devait partir à son cours de poterie mais elle n'osait pas : « Je ne peux pas laisser mon enfant en larmes, qu'est-ce qu'il y a ? Parle-moi ! » Elle est adorable, j'ai trop de chance d'avoir une mère comme elle. Je ne pouvais pas lui dire, j'avais trop honte, c'était tellement ridicule comme histoire. Je la raconte ici pour l'enterrer.

En TP de SVT, on est tous perchés sur de grands tabourets, accoudés à nos paillasses trop hautes qui nous obligent à nous tenir bien droits, comme des piquets. J'avais mis un tee-shirt un peu court qui laissait entrevoir tout le bas de mon dos. Je vérifiais frénétiquement qu'on ne pouvait pas voir la raie de mes fesses dépasser de mon jean, je ne suis pas suicidaire, malgré tout je sentais un brouhaha derrière moi. Mon instinct de survie me poussait à l'ignorer et à penser que je n'en étais pas le sujet. En sortant du cours, Jérôme est venu me voir pour m'informer de sa voix la plus mollassonne : « Ils t'appellent “Peau de poulet” à cause de tes traces dans le dos. »

L'information n'a fait qu'un tour dans mon circuit et est remontée directement dans mon canal lacrymal. Ils ont remarqué mes vergetures. Entre l'école primaire et le collège, j'ai dû prendre dix centimètres en un été et ma peau s'est couverte de craquelures rouges qui deviennent blanches l'été avec le bronzage. Mon corps en est recouvert, de mes hanches à mon dos en passant par mes gros nibards tout lourds que je hais. Quand j'ai fait ma rentrée en sixième, j'étais tellement grande et carrée d'épaules que les troisièmes m'appelaient Laure Manaudou. Ça m'a suivie pendant plusieurs années et a éteint le peu de confiance en moi que je possédais. Je pensais qu'en rentrant au lycée, j'avais réussi à dompter ma féminité et que ma grande taille n'était plus un problème mais un atout. J'ai l'impression d'avoir tout à construire de nouveau.

Dans les couloirs, en allant au cours d'après, il m'a semblé entendre « Peau de poulet » dans toutes les bouches. En plus, aujourd'hui j'ai mis mon médaillon Capricorne que ma mère m'a offert à Noël. Il vient du Manège à Bijoux Leclerc et c'est vrai que ce n'est pas le plus beau bijou que la Terre ait porté, mais moi je l'aime, c'est sentimental. Au premier regard, on peut facilement deviner qu'il s'agit d'un signe du zodiaque, mais on peut difficilement reconnaître l'animal représenté. Crétacé Tertiaire l'a vu, elle a bloqué dessus et a dit devant tout le monde : « T'es diplodocus han ? » Maintenant qu'elle l'a dit, je n'arrive plus à voir autre chose qu'un dinosaure sur le médaillon. C'est vrai que la corne du poisson-chèvre est tellement longue qu'on dirait un cou de diplodocus. Je ne le porterai plus jamais... Et ce qui est pire que tout, c'est que Mehdi était là et il a rigolé. Je ne l'approche qu'une fois par semaine pour le cours de cinéma et la seule fois où je le fais, j'arrive à me ridiculiser. Il était méga-beau en plus.

Samedi 9

Hier, pendant le cours, il a parlé des Monty Python. J'ai pris le DVD de l'intégrale à la bibliothèque.

Dimanche 10

Je lis les exemples de scripts de films qu'on a eus en cours pour savoir comment mettre en page un scénario. J'ai envie d'écrire mille cinq cents films sur tout et n'importe quoi, juste pour être la divinité de mes personnages.

Lundi 11

Crétacé a utilisé un crayon d'une couleur brunâtre (dite « taupe » dans La Maison France 5) autour de ses lèvres. Je sais que c'est censé faire une bouche pulpeuse mais on dirait simplement qu'elle a bu un chocolat chaud.

Mardi 12

En dehors du parcours cinéma, le hasard de l'emploi du temps fait que je croise très peu Mehdi. Bien sûr, je l'aperçois tous les midis depuis le banc des bannis. Et le mardi, nos classes respectives prennent leur pause dans le même couloir. Je vais toujours aux toilettes juste pour pouvoir le croiser, sauf si je suis mal habillée. Aujourd'hui, j'étais bien sapée avec mes nouvelles fringues. Je suis passée trois fois devant lui. Un aller-retour puis un autre aller pour lequel j'ai pris un air affairé. Au deuxième retour, il n'était plus là. Ça m'a frustrée alors je me suis décidée à le suivre après les cours. J'aurais voulu lui dire que j'avais vu *La Vie de Brian* des Monty Python et que j'avais adoré. Bon, même s'il avait été là sur mon dernier retour, je n'aurais pas osé lui adresser la parole, convenons-en.

J'ai commencé ma filature après le cours d'allemand de Herr Galine, durant lequel, d'ailleurs, on a dû décorer nos interros de verbes irréguliers... À chaque début d'heure, on est interrogés pendant les dix premières minutes. On doit lister les vingt verbes irréguliers qu'on est censés apprendre d'une fois sur l'autre. On triche tous. Puis on passe les vingt minutes suivantes à « décorer » nos feuilles et Galin se promène dans les rangs en commentant : « Oh c'est trop mignon, trop choli, oh ja ja. *Prima*[1] *!* » avec un air flagorneur[2] complètement surjoué. Il est à deux doigts de craquer pour de bon. Bref, après ce moment *sehr wunderbar*, Lucie m'a rejointe pour commencer la filature.

1. Ça veut dire « super ».

2. J'ai appris ce mot, depuis je l'utilise tout le temps, je fais tiep. J'adore les notes de bas de page, c'est trop smart !

THE FILATURE

A script by Louise Berthier
Starring Louise Berthier and Lucie Hermann
Produced by Louise Berthier

EXT JOUR PARVIS DU LYCÉE

Crépuscule. Musique angoissante au piano. Louise sort du lycée, fébrile et puissante, toujours élégante dans son jean mom Primark. Elle porte des lunettes noires qui la rendent méconnaissable, enfin presque, t'as capté. Alors qu'elle se plaque contre un poteau pour plus de discrétion, elle est rejointe par Lucie sur sa trottinette électrique qui, elle, porte un jogging et un hoodie Supreme avec ses grosses sneakers immaculées. Les écouteurs sans fil dans chacune de ses oreilles et son iPhone vissé dans sa main droite lui donnent l'air d'une figurine d'adolescente suréquipée qu'on viendrait de sortir de son emballage. Elle fait un dérapage contrôlé devant Louise qui sursaute, mais reste trop stylée quand même.

Lucie
Au calme frère, je gère, tu montes ?

LOUISE
Non toi tu montes.

Lucie
Non TOI tu montes.

LOUISE
Non TOI, t'sais comment c'est à chaque fois, vas-y fais pas chier là.

Lucie
Ouais OK.

EXT NUIT RUE DU LYCÉE

Louise roule sur la trottinette du haut de son mètre soixante-quinze et Lucie est accrochée à elle tel un sac à dos. C'est le moyen le plus digne qu'elles aient trouvé pour tenir en équilibre à deux sur la trottinette. Elles roulent à bloc (vingt kilomètres-heure) sur le trottoir de l'avenue du Général-de-Gaulle. Musique de fond : le thème de Mission impossible.

LUCIE ET LOUISE
(chantent)(hurlent)(la chanson de Mission impossible*)*
Tin tin tintintin tin tintintin.

LOUISE
(même jeu)
Touloulou touloulou TOU LOU !

LUCIE
IL EST LÀ !! Arrête-toi ! Arrête-toi WESH !!

LOUISE
JE PEUX PAS JE VOIS RIEN !!! Arrête !!

LUCIE
ON LES DÉPASSE TROP LÀ !!

En pointant son doigt à tribord, Lucie manque de tomber et se rattrape comme elle peut à Louise, c'est-à-dire en lui tirant les cheveux et en provoquant une inévitable chute dans un buisson de Maisons-Alfort (couronné de trois fleurs au concours des villes fleuries). Fin de la musique de Mission impossible.

LUCIE
SA MÈRE LE BUISSON.

Quelques secondes plus tard, Mehdi et sa bande passent à côté sans remarquer la trottinette renversée.

Une fois qu'ils se sont éloignés, les têtes de Louise et Lucie ébouriffées et serties de feuillages municipaux sortent des fourrées. GROS ZOOM SUR LEURS TÊTES et reprise de la musique de Mission impossible.

LOUISE
(chuchote super fort)
VAS-Y J'TE COUVRE !!!

LUCIE
Touloulou touloulou touloulou TOULOU.

Lucie fait une roulade sur le côté. Louise la rejoint en rampant.

LUCIE
C'est bon y a R, il a pas capté.

LOUISE
Tu jures ?

LUCIE
Moi je jure pas wesh t'sais.

LOUISE
Parfois t'en fais trop.

MEHDI
Louise ? Ça va ?

Fin de la musique de Mission impossible. *Mehdi, sorti de nulle part, réapparaît pour constater l'étendue du désastre qu'est l'existence de Louise (il est filmé en contre-plongée mais reste méga-beau, pas comme moi, quand on me prend en photo par en dessous, j'ai l'air d'un petit cochon de lait). Derrière lui surgit Jessica avec son visage en teinte « kumquat ».*

CRÉTACÉ TERTIAIRE
Alors les pucelles, on fait les gogoles dans la mousson ?

LUCIE
La mousson, c'est de la pluie en Asie.

LOUISE à MEHDI
J'ai vu *La Vie de Brian*, j'ai adoré !

MEHDI
Ah oui.

FIN

MEHDI CONNAÎT MON PRÉNOM !!! En plus d'être beau, drôle et charmant, il habite dans une péniche sur la Marne. (Oui, on a continué de le suivre après.) Il est tellement original. C'est l'homme de ma vie, il faut absolument que je trouve une manière de lui parler à nouveau et qu'il me juge excellente. Malheureusement, je suis nulle en tout et je suis moche. C'est mal parti.

PS : trop dur d'écrire des scénarios.

PPS : Jessica n'a pas vraiment dit « pucelles », mais c'est sûrement de ça qu'on avait l'air en rampant par terre – moi avec mon gros sac à dos et mes runnings roses...

Mercredi 13

En ce moment, au cours d'EPS, c'est gym. On installe des tapis bien mous partout puis on se vautre sur chacun d'eux. Franchement, si le gymnase ne sentait pas le gratin de chou-fleur, ce serait le meilleur moment de ma semaine. Toutes les vingt minutes, le prof siffle pour qu'on change d'atelier. Alors on se lève pour se vautrer sur les tapis d'à côté. C'est toujours un énorme plaisir, surtout quand on arrive sur l'atelier salto où le tapis est beaucoup plus épais que les autres. J'adore courir puis sauter sur le trampoline et faire un énorme plat sur le gros matelas mou. On le fait chacune notre tour avec les filles de mon groupe et quand tout le monde est aligné en rang d'oignons, les unes contre les autres, on ne bouge plus jusqu'au coup de sifflet.

C'est un moment de proximité bizarre mais très agréable, sauf cette fois-ci car le prof a annoncé qu'on devait présenter un enchaînement d'acrosport à la fin du trimestre : ça consiste à créer une chorégraphie de groupe à l'intérieur de laquelle chaque personne doit enchaîner plusieurs figures dont des ATR (appui tendu renversé) et participer à des acrobaties genre des pyramides tremblotantes. Mon cauchemar. On doit se grimper les uns sur les autres. Devinez qui est la plus lourde de mon groupe ? Louise Berthier, la grosse Berthier. Je ne suis pas obèse, mais « costaude » comme on aime à me le répéter. Quand j'entends ce mot, j'ai vraiment l'impression d'être Fiona dans *Shrek* avec mes hanches larges et mon bide. En plus, je n'ai pas un corps qui porte bien le jogging. J'ai les jambes plutôt fines mais elles sont invisibles quand j'ai un pantalon large. Comme je n'assume pas mon ventre, j'opte toujours pour des tee-shirts amples. Or, la loi des volumes est impitoyable, si je porte du large en bas et du large en haut, je ressemble à un homme obèse qui a des gros *man boobs*, genre Homer Simpson.

Je ne déteste pas les filles de mon groupe, mais elles forment un clan fermé que je n'arrive pas à pénétrer (je n'ai jamais essayé en fait). Je les surnomme « la bande Prout » à cause de leurs blagues débiles. Elles sont dans leur délire bizarre où à la fois, elles ont l'air demeuré mais elles sont aussi les premières de la classe. C'est un mélange aussi étonnant qu'effrayant. On a une relation professionnelle : je fais la grosse du bas de la pyramide, elles me grimpent dessus, je souffre, puis je retourne à mes occupations. Dans ces moments-là, Lucie me manque énormément. Elle pourrait monter sur mes épaules et je la lancerais dans les airs avec sa petite taille et son aisance naturelle, elle ferait des sauts carpés super impressionnants à la Nadia Comaneci et j'aurais vingt sur vingt en ne prenant aucun risque.

Je me sens coupable quand je la vois rire et s'amuser alors qu'un vaudeville se joue juste au-dessus de sa tête.

Parfois je me demande si elle sait pour la voisine et qu'elle fait semblant que ça n'existe pas. Comment ça se passe chez elle ? Est-ce que ses parents jouent la comédie de la vie de couple qui roule à merveille ? Les adultes sont terrifiants. Est-ce que les miens se trompent aussi ? Franchement, c'est inimaginable. Déjà, je ne vois pas à quel moment dans la semaine ils pourraient trouver un créneau pour mener une double vie. Soit ils sont au travail, soit ils sont à la maison. Parfois ma mère s'absente pour aller à la poterie. Wow. Ça dure une heure et demie, je l'imagine mal rejoindre un mec alors qu'elle revient toujours en critiquant toutes les femmes de son cours, parce que, selon elle, elles n'arrêtent jamais de se plaindre.

Mon père, lui, est à fond dans la MAO (musique assistée par ordinateur). Entre autres choses, il joue de la harpe laser. On ne peut pratiquer que dans une pièce plongée dans l'obscurité puisque les « cordes » sont des faisceaux laser qu'il faut toucher pour obtenir une note. Il s'est pris de passion pour cet instrument, qui produit exclusivement de la musique de cauchemar, après un concert de Jean-Michel Jarre en 2005. Néanmoins, il joue aussi de la variétoche sur son synthé plus classique avec des arrangements jazzy qui donnent envie de se griffer le visage quand la mélodie décroche et qu'il y a des petites notes en plus qui gâchent tout. Il teste beaucoup de synthés différents grâce à son logiciel *Cubase*. La bande originale de ma vie, c'est « Le Dîner » de Bénabar, en version flûte de Pan de synthé. Aussi, rien à voir, mais grosse nouveauté cette semaine, il a acheté une plastifieuse... pour plastifier des documents lui-même. Somme toute, il a très peu d'arguments pour plaire à une femme qui ne serait pas déjà engagée avec lui depuis vingt ans. Il m'a demandé trois fois si j'avais quelque chose à plastifier, j'ai fini par lui donner un ticket de caisse de la Mie Câline pour lui faire plaisir.

Jeudi 14

LUCIE A EU UNE IDÉE DE GÉNIE !!!!

On va organiser une chasse au trésor pour Mehdi dans l'enceinte du lycée et le trésor sera un rendez-vous avec moi. Brillantissime puisqu'il aime les escape games ! C'est la meilleure, elle a tenu sa promesse. Comme il traîne toujours autour du même banc dans la cour du lycée, il suffit de mettre le premier indice (plastifié) à cet endroit-là, qui le mènera au suivant, puis au suivant jusqu'au trésor. Stylart[1], non ? S'il ne tombe pas fou amoureux de moi instantanément, je veux bien arrêter les maxi-pains au chocolat.

J'ai passé tout le cours d'allemand à créer le jeu. Au début, j'étais inspirée pour faire des indices avec un certain cachet dans la pure tradition du père Fouras mais ça a vite dégénéré en « Chercher le mot "caca" dans tous les dictionnaires du CDI te mènera sûrement au prochain indice ». Il devra aussi passer par M. Pain qui lui donnera un indice s'il lui dit : « Bonjour monsieur Pain, est-ce que je peux avoir TROIS pains s'il vous plaît ? » M. Pain a accepté de jouer le jeu. Quand il a vu l'indice plastifié, il m'a demandé comment

1. « Stylé » + « arty », j'essaie de lancer ce nouveau mot.

j'avais fait. Quand je lui ai dit que j'avais la machine chez moi, il était super excité et m'a demandé de plastifier des choses en échange de ce service. Pour info, il s'agissait de recettes Thermomix qu'il a téléchargées illégalement, de la notice d'utilisation de sa yaourtière et d'une photo de son chien format portefeuille. Pendant la chasse au trésor, Mehdi devra aussi démonter la chasse d'eau des toilettes du gymnase (l'indice étant : « Suivre l'odeur du chou-fleur et remonter jusqu'à la source »). J'espère que ce n'est pas trop difficile, en même temps je vaux mon pesant de cacahuètes, non ?

Vendredi 15

Le stylo bleu de Mehdi ne marchait plus. J'en avais un en double dans ma trousse, j'ai prié pour qu'il me demande à moi.

Mais non.

PS : Il ne se passe jamais rien dans mon journal.

Samedi 16

La nuit porte conseil. En voyant Mehdi loucher sur les seins de Crétacé Tertiaire au cours de cinéma hier, je me suis dit que je ne pouvais décemment pas le séduire en lui demandant de chercher le mot « caca » dans le dictionnaire... Enfin, c'est surtout Lucie qui m'a convaincue en me disant : « Genre juste tu vas pas le serrer avec du caca en fait. » Je suis allée chez elle après les cours pour tout reprendre, et elle m'a aidée à trouver d'autres idées, notamment celle de faire une partie de la chasse au trésor en ligne (au bout d'un moment, un indice physique indiquerait un lien vers un site Web). On a donc créé de toutes pièces un blog fan de Garou qui contient dix articles sur sa vie, son œuvre (qu'on a copiés-collés, on n'est pas complètement jetées non plus). Au milieu des textes est caché un lien cliquable qui mène à un site avec un simple champ dans lequel il faut inscrire un mot de passe qui est aussi caché dans le blog fan de Garou ! J'écris l'adresse là pour la postérité :

www.blogfandegarou.blogspot.com

La solution mène à une date, une heure et des coordonnées GPS qui fixent le rendez-vous avec moi ! Enfin je dis « on » mais c'est Lucie (qui a pris la spécialité *Numérique et sciences informatiques*, merci mon dieu) ET son père (!!) qui ont tout fait. Laurent voyait qu'on s'énervait sur l'ordinateur depuis des heures donc il est venu nous demander ce qu'on faisait. J'étais super mal à l'aise. Lui, il était tout mielleux avec moi, il a dit trois fois le mot « super-han ». Il sait que je sais qu'il sait que je sais. Il s'est installé entre nous deux et on était collés les uns contre les autres. Il sentait l'homme, enfin le parfum pour homme. Tous les parfums pour homme sentent la même chose. Je n'arrêtais pas de regarder ses avant-bras. Ils sont velus avec des grosses veines toutes tendues qui donnent l'impression qu'il est surpuissant. J'étais mal à l'aise et bizarre. Plusieurs fois son avant-bras a touché le mien. J'étais presque déçue quand il nous a laissées toutes les deux pour aller se coucher. Quand Mehdi ira au bout de la chasse au trésor, il devra entrer son email pour recevoir la date, l'heure et l'endroit du rendez-vous. J'ai hâte d'avoir son adresse mail comme ça je pourrai l'abonner à des newsletters pour influencer son inconscient.

Lundi 18

En allant au lycée ce matin, un mec m'a interpellée depuis sa voiture. Il était garé sous le pont bien glauque à la limite entre Maisons-Alfort et Alfortville. Je me suis approchée de sa caisse et il m'a demandé si je connaissais le chemin pour aller à l'hôpital. Il avait une carte routière en papier dépliée sur ses genoux. J'ai eu pitié, je lui ai dit que je ne savais pas, que j'étais désolée et qu'il fallait demander à quelqu'un d'autre. J'avais pitié de lui parce que si ça se trouve, il devait aller aux urgences et il était seul dans sa vie au point de devoir se conduire lui-même à l'hôpital avec sa carte toute froissée. D'un coup, alors que je me confondais en excuses et en encouragements, il a enlevé la carte et l'a posée à côté de lui pour dévoiler un vieux zguegue en érection (le sien). J'ai dit « euh ah je suis désolée je dois y aller » en reculant, trop mal à l'aise. C'était la première fois que je voyais une teub en vrai. Sans transition, il y a une rumeur qui dit qu'un mec de la bande de Mehdi organise une soirée déguisée pour Halloween. Peut-être qu'il attend un peu pour me donner mon invitation... Plus qu'une semaine avant les vacances. Le premier indice de la chasse au trésor n'a toujours pas été trouvé, pourtant Mehdi zone sur le banc tous les jours. Ce midi, je pense qu'il était carrément assis dessus...

Mardi 19

Thomas Barat a pété en latin.

En cours de latin, je veux dire. Il n'a pas fait un prout qui se décline. Prouta prouta proutam lol.

Toujours pas d'invitation pour la soirée Halloween.

Je ne comprends pas, j'ai l'impression de faire partie des cool kids.

Vendredi 22

Voilà, c'est les vacances et je n'ai pas été invitée à la soirée. Je ne verrai pas Mehdi pendant quinze jours. J'ai envie de crever.

PAR CONTRE, LE PREMIER INDICE A DISPARU !!!

Et j'ai eu le temps d'aller voir si les suivants avaient disparu ou non, ils n'y étaient plus non plus !

Mehdi a des mots avec mon écriture dans sa poche.

Mehdi m'a dans sa poche.

J'ai appelé Lucie toutes les deux minutes pour savoir si elle avait reçu le mail de Mehdi pour réclamer le trésor.

Samedi 23

Je suis allée à la Cinémathèque avec mon père et en sortant de la salle, on est tombés sur Gavroche ! Juste avant, je faisais grave la gueule parce que mon père a fait des bruits de bouche pendant toute la séance en plus de respirer super fort. J'ai tout de suite arrêté de bouder quand j'ai croisé le regard de ma prof pour ne pas avoir l'air d'être genre en pleine crise d'ado mdr. C'était trop bizarre de la voir dans un autre contexte que le lycée. Elle portait un jean slim, un tee-shirt de groupe, une veste militaire kaki avec des lunettes de soleil sur sa tête. Je me suis sentie trop privilégiée de la voir habillée en civil. Elle avait l'air supercool comme si c'était une autre personne. J'ai eu l'impression de nouer un lien spécial avec elle en découvrant qu'on fréquentait les mêmes lieux. J'abuse, elle doit s'en foutre, si ça se trouve ça l'a trop saoulée de tomber sur une élève pendant son temps libre. En vrai, elle m'a juste dit bonjour sans s'arrêter de marcher. Bref, en tout cas, j'étais trop contente qu'elle sache que je fréquente la Cinémathèque ! Mon père a demandé qui c'était et quand je lui ai répondu que c'était ma prof de cinéma, il a juste commenté : « Elle est mal fagotée. » Ça m'a trop saoulée, j'ai refait la gueule.

Mercredi 27

En ce moment, j'ai des crises de sosite aiguës. Je vois des sosies partout. Je me fais des enchaînements dans ma tête. Quand je croise des badauds, leurs ressemblances avec des vedettes s'imposent à moi automatiquement. Au supermarché, ça fuse : Kylian Mbappé choisit son potimarron alors que Michou se prend un petit Yop fraise et se fait bousculer par Éric Zemmour qui peine à soulever son cubi de côtes-du-rhône en promo. Au début, c'est marrant et au bout d'un moment c'est un véritable fardeau.

Vendredi 29

Retournement de situation.

Moi qui pensais passer la soirée à l'UGC Créteil Soleil avec Lucie... eh bien je vais à une fête d'Halloween !!! Ce matin, j'ai reçu une invitation de la part d'Amélia. AMÉLIA LA SORCIÈRE NOIRE EST DE RETOUR. C'est vraiment un vampire, elle fait son come-back la veille d'Halloween, décidément elle sera terrifiante toute sa vie. À l'instant je me souviens qu'une fois, Lucie avait fait le chemin de retour du collège avec elle, et Amélia l'avait invitée à venir chez elle parce que ses parents n'étaient pas là. Rien que d'y penser, j'en ai des frissons d'horreur. Lucie avait envie de faire pipi et Amélia le savait, alors elle l'a enfermée dans son salon jusqu'à ce que Lucie se pisse dessus. Elle a dû rentrer chez elle avec les jambes frigorifiées par sa propre urine. C'est maboul.

J'ai immédiatement téléphoné à Lucie pour lui demander si elle avait, elle aussi, reçu l'invitation. Elle m'a dit que oui et qu'il était hors de question d'y aller car le risque de mourir séquestrées dans une cave du Val-de-Marne était trop élevé. J'ai réussi à la convaincre en lui disant qu'on n'avait jamais été invitées à une fête de notre vie et que c'était peut-être un peu snob de refuser une telle offre. De plus, ce serait une occasion unique de fabriquer le déguisement dont on a toujours rêvé. Je lui ai dit : « Euuuh imagine-nous en Human Centipede, Lucie ?! » Elle a immédiatement changé d'avis car c'est notre film d'horreur préféré, ça parle d'un taré qui veut créer un mille-pattes humain en cousant le cul de quelqu'un à la bouche de quelqu'un d'autre. D'après les rumeurs au lycée, Amélia était en pension dans un internat pour adolescents difficiles. Je pensais que ça n'existait que dans les téléfilms France Télévisions des années 1990 – rediffusés les après-midis de semaine. Le genre de films dont je sais pas déterminer s'ils sont horriblement mous ou si c'est moi qui suis défoncée au Fervex parce que j'en vois seulement quand je suis dispensée d'aller au lycée à cause de la grippe.

Comme elle s'est tenue à carreau pendant un an niveau sorcellerie, mensonges, pièges pervers et look terrifiant, elle a été autorisée à organiser une soirée pour... Halloween. Paradoxal, *isn't it ?*

Samedi 30

Soirée cauchemardo.

J'ai donné rendez-vous à Lucie au coin de la rue d'Amélia pour qu'on arrive ensemble dans ce traquenard. Je me gelais les miches à cause du déguisement de Human Centipede qui est constitué uniquement de bandelettes autour des fesses et des seins (j'ai ajouté un ensemble legging-tee-shirt couleur chair par-dessous, je ne suis pas cinglée non plus, mais j'étais quand même congelée). Ça m'a semblé durer une éternité d'attendre dans le quartier résidentiel de Maisons-Alfort. Les rues sont toutes identiques. Elles forment un quadrillage labyrinthique parsemé de maisons toutes sensiblement les mêmes : elles ressemblent plus ou moins à celle d'un tueur en série. J'imagine des drames familiaux derrière toutes les portes où des centaines de papas à lunettes en polo bleu ciel trucideraient femmes et enfants dans le calme enchanteur du Val-de-Marne. Qu'est-ce que c'est glauque Maisons-Alfort.

Quand Lucie est arrivée, ça a été la libération... puis la déception. Je n'ai pas tout de suite vu son déguisement à cause de sa grosse doudoune, mais ça n'avait pas l'air de ressembler au mien. Je lui ai immédiatement crié dessus : « T'ES PAS EN HUMAN CENTIPEDE ? QUI VA ME CHIER DANS LA BOUCHE ? » J'étais furax. Elle était déguisée en candidate de *Squid Game*, la série appréciée par les gens qui n'ont pas vu *Battle Royale* et qui la regardent uniquement parce que l'algorithme le leur a imposé. C'est son père qui lui a commandé le costume sur Internet dès qu'il a su qu'elle allait à une soirée déguisée. C'est bien le dernier truc que mon père ferait, il n'a jamais rien acheté en ligne, à part une fois, un petit objet électronique pour réparer son radio-réveil. En tout cas, c'était réussi comme déguisement, c'était terrifiant de débilité et le mien était ridicule. Déjà qu'il n'avait de sens que si on se déplaçait à quatre pattes toutes les deux... Là je ressemblais à une meuf sortie de l'hôpital psychiatrique. Bon an mal an, on s'est dirigées vers la maison d'Amélia.

Son jardin était décoré comme un cimetière avec des pierres tombales et des toiles d'araignée. Sa porte d'entrée était entrouverte et donnait sur un hall plongé dans la pénombre. Mes genoux tremblaient. Pas seulement à cause du froid. Je flippais. Il n'y avait aucun bruit, je me suis immédiatement dit qu'il n'y avait pas d'autres invités et que c'était un rendez-vous pour nous exécuter après une longue période de séquestration. Lucie a pris son courage à une main seulement et a poussé la porte en foutant un gros coup de pied dedans, comme un cow boy, ça m'a fait cracher de rire quand la porte a tapé super fort contre le mur de l'entrée. Je chialais de rire mais, en vrai c'était terrifiant parce que cet énorme bruit n'a alerté personne. Je pense que, quand je serai vieille et que je repenserai à mon adolescence, je me rappellerai principalement cette soirée. Je crois qu'on peut appeler ça un souvenir fondateur. On a pénétré dans la maison entièrement plongée dans le noir. Je n'ai jamais eu aussi peur de ma vie. On a traversé le salon bras dessus, bras dessous. À ce moment-là, je ne vois pas ce qui nous a empêchées de partir. Peut-être le fait qu'Amélia connaît nos adresses ? En avançant, j'ai repéré une autre porte entrouverte au fond de la maison, d'où provenait un son de télé qui grésille. Ce qui est étonnant chez Amélia, c'est qu'elle est insondable, impossible de savoir si tout ça était une mise en scène ou si c'était l'ambiance naturelle de sa maison. Comme quand tu rentres chez quelqu'un et que ça sent la soupe aux poireaux. Si tu demandes qui cuisine du potage et que personne n'en a fait, c'est le malaise : « Non non c'est moi, je sens la soupe. » D'ailleurs je me demande comment ça sent chez moi. Moi qui suis si sensible aux odeurs, je serais dévastée si j'apprenais que ça daube de ouf chez moi.

Cette fois, j'ai pris les devants. Mon cœur battait à mille à l'heure, j'ai poussé la porte qui a fait un grincement digne d'un film d'horreur petit budget. Elle donnait sur un escalier qui menait probablement à une cave qui menait elle-même à ma propre mort. On percevait une source de lumière clignotante. Il faisait chaud et humide. On est descendues côte à côte avec Lucie, marche par marche, le bruit de la télé grésillante était de plus en plus fort, mon cœur battait à fond, j'ai cru qu'il allait exploser dans ma poitrine jusqu'à ce qu'un cri strident nous fasse hurler à notre tour.

C'était Amélia. Enfin son éclat de joie pour célébrer notre arrivée. Elle était là, dans sa cave aménagée et entièrement décorée pour l'occasion avec des toiles d'araignée partout (des vraies et des fausses), des poupées en forme de clowns tueurs de tous les côtés et des néons clignotants. Elle était déguisée en personnage de manga que je ne connais pas, et perchée sur des *plateforme shoes*. Jérôme aussi était là ! Il était assis dans le grand canapé, tout penaud avec un regard mouillé qui semblait dire « Merci mon Dieu ». Lui aussi était déguisé en personnage de *Squid Game*, mais il avait opté pour le costume d'un candidat qui a déjà perdu et qui s'est pris une balle dans la tête. Tellement Jérôme de faire ça. Les éclaboussures de faux sang sur lui étaient hyper réalistes. Il a sorti un sachet de billes et a proposé à Lucie de jouer avec lui (comme dans la série, apparemment). Elle s'est accrochée à lui, comme une moule à son rocher, pendant qu'Amélia me mettait le grappin dessus et insistait pour me montrer sa chambre. Qui fait ça passé l'âge de quatre ans ?

En découvrant son antre, j'ai compris qu'elle n'était pas déguisée. Sa piaule était intégralement recouverte de décorations, de plumes et de machins japonais. Elle était farcie de coussins roses et de peluches complètement régressives. Purée, on aurait dit la chambre d'un *serial killer* monomaniaque. Son accoutrement, c'était son look normal en fait. On l'avait quittée en sorcière gothique et maintenant elle s'était transformée en lolita fan de manga kawaii. On aurait dit un toon du film *Qui veut la peau de Roger Rabbit* mais avec l'énergie du méchant qui veut tuer tout le monde. Elle portait une jupe d'écolière avec des chaussettes rayées dans des chaussures à plateforme qui n'était plus noires mais roses. Elle avait coloré ses longs cheveux filasses blonds en rose bonbon. Elle les avait coiffés en deux couettes enfantines surplombées d'un serre-tête orné d'oreilles de chat. Ses fausses taches de rousseur étaient recouvertes d'une épaisse couche de blush rose. Purée, ce qu'elle foutait les jetons. Est-ce qu'elle pensait qu'elle était vraiment un chat ? J'ai eu une image terrible d'elle, à quatre pattes, lapant du lait dans une gamelle. Elle m'a dit qu'elle était trop contente de me voir et que je n'avais pas changé. Super, d'être toujours une gamine à ses yeux alors qu'elle dort avec mille cinq cents peluches.

Au bout d'un moment, on est descendues dans la cave pour rejoindre les autres. Quand on est arrivées, Lucie et Jérôme étaient comme cul et chemise en train de se marrer. Je n'en revenais pas. Puis Amélia a proposé de faire un *Time's Up !*. Elle a distribué des petits papiers sur lesquels on a dû écrire des noms de personnalités et se les faire deviner en les mimant. C'est moi qui ai commencé. J'ai eu Hitler, Staline et Timothée Chalamet. C'est vrai que le regard de Timothée est dur à recréer quand on est vivant. Puis, j'ai tiré un papier où apparaissait le nom « Jérôme Abittan » mais ce n'était pas mon écriture, alors que moi aussi, je l'avais proposé en personnage à faire deviner. J'ai mimé un mollasson qui bave et Amélia l'a trouvé tout de suite. Évidemment, j'ai fini par tomber sur mon papier donc j'ai mimé Jérôme à nouveau encore plus mou. Amélia a encore trouvé tout de suite. On était mortes de rire.

Finalement, ce n'était pas si mal comme soirée. Seule ombre au tableau, Lucie m'a prise à part en me disant qu'elle devait me parler de quelque chose de grave qui ne me ferait pas plaisir. Elle m'a dit ça juste avant de monter dans la voiture de son père qui était venu la chercher. Il a vraiment des trucs à se reprocher, il n'aurait jamais fait ça avant, c'est toujours sa mère qui fait le taxi d'habitude.

Je ne pense qu'à ça. On doit aller zoner sur les bords de Marne demain pour qu'elle m'en parle. Oui, on fait des allers-retours sur les bords de Marne pour passer devant la péniche de Mehdi. Elle est chiante avec son teasing. Je stresse.

Dimanche 31

PURÉE DE POMMES DE TERRE. Je reviens des bords de Marne. J'ai cru qu'elle allait me dire que j'étais la pire amie de la Terre parce que je savais que son père se tapait la voisine, mais c'est pire que ça :

C'est Jérôme qui a trouvé le trésor.
Avec ses mains molles, là.

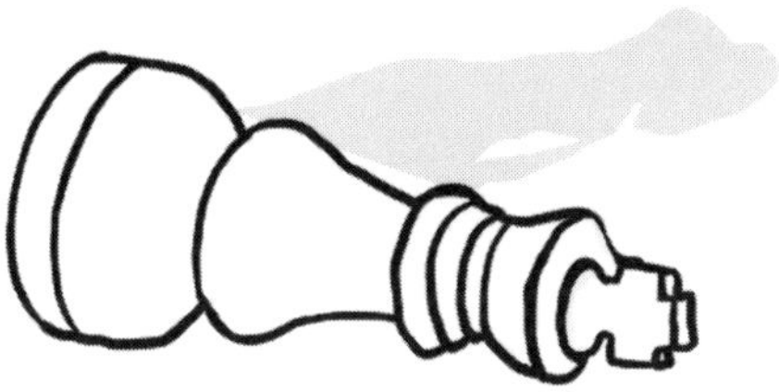

NOVEMBRE

Hésitation

Lundi 1er

Gros bad. On a changé d'heure, il fait nuit toute la journée. C'est lundi ET férié, c'est comme vivre deux dimanches d'affilée. Tout est fermé sauf Super Bazar SARL. Ma mère a acheté une toile cirée à fleurs trop glauque, et on a dû aller au cimetière. Je vais me flinguer. Le seul avantage de l'automne, c'est que le soleil ne se reflète à aucun moment de la journée sur l'écran de la télé. Je suis dégoûtée d'avoir mis autant d'énergie à créer une chasse au trésor pour que ce soit ce Smogogo[1] qui en profite. Le rendez-vous était prévu pour samedi qui vient au square de l'Artificier-François. Honnêtement, même si Mehdi avait fait la chasse au trésor, je ne suis pas sûre que j'aurais eu le cran de m'y rendre vraiment, MAIS QUAND MÊME. J'aurais pu lui avouer que c'était aussi moi qui l'avais organisée, au bout d'un moment, quand je l'aurais senti, et il serait tombé sous le charme immédiatement. C'est sûr.

1. Un Smogogo est un pokémon qui libère des gaz qui schlinguent, ndlr.

On a mis un gros pot de chrysanthèmes sur la tombe de ma grand-mère. Elle est morte il y a deux ans. C'était l'événement le plus triste de ma vie. Quand j'étais petite, je passais toujours un mois de vacances chez elle à la campagne, dans la Beauce. C'était le bonheur. Elle faisait des ménages pour arrondir sa retraite donc un de ses amis vieux nous emmenait en voiture de maison en maison. Ma préférée, c'était le presbytère de son village, une immense demeure avec du carrelage ancien comme dans les châteaux. Chaque semaine, il y avait un camion de l'épicerie qui venait dans la cour de ma grand-mère et j'adorais ça. C'était un minimagasin sur roues, c'était comme jouer à la dînette grandeur nature.

À cette époque, j'avais l'impression que mes parents étaient super jeunes et que j'avais la vie devant moi avant de devoir affronter des deuils. Maintenant qu'elle est morte ce sont les prochains sur la liste. Et qu'est-ce qu'on fait en attendant que la mort vienne ? On passe des journées fériées merdiques dans notre banlieue horrible où il fait nuit à 16 heures. Je me demande sincèrement à quoi ça sert. Même moi, ma vie, à quoi elle sert ? Je respecte mon emploi du temps au lycée. On me le donne au début de l'année et je le respecte pendant un an. La même semaine pendant un an. C'est hallucinant quand on y pense. On devrait avoir la fougue, l'envie de tout péter. Mais non, on transporte nos petits effets personnels dans nos sacs à dos en respectant bien l'emploi du temps. On enchaîne les classes en voyant défiler des profs qui tous les ans voient eux-mêmes défiler les mômes en leur serinant inlassablement la même limonade, dans le même ordre, tous les ans. Chaque année, leurs élèves ont des rêves plein la tête, la volonté de changer le monde et l'intime conviction que leur génération ne sera pas aussi molle et disciplinée que celle de leurs parents. Mais ensuite, ils finissent par oublier tous leurs rêves pour faire un boulot d'ordinateur qui ne sert à rien et acheter un appartement à Maisons-Alfort comme leurs parents. À leur tour, ils feront des gamins qui respecteront leur emploi du temps avec des rêves plein la tête qu'ils oublieront. J'ai le cafard. Je vais me foutre au lit.

Mardi 2

Froid, pluie, nuit et fête des Morts, les vacances de la Toussaint sont des lignes à grande vitesse direction Déprime Land. J'ai eu un flash de mon année en CP que j'ai passée à ne pas dire un mot. Toutes les filles de ma classe formaient un unique bloc de copines réunies autour d'une petite brune forte en sport super charismatique qui me faisait trop peur et dont j'ai oublié le nom. Je passais mes récréations seule, assise, à rêvasser et à sucer mon pouce en cachette.

En revenant en classe, un jour, j'ai découvert que ma boîte à bons points avait été pillée ! Comme je ne parlais pas, je ne me suis plainte à personne. C'étaient des récompenses que la maîtresse fabriquait elle-même avec des feuilles bristol petits carreaux sur lesquelles elle écrivait « BON POINT » à la main au stylo rouge. En rentrant chez moi ce soir-là, j'ai trouvé sur mon bureau des copies doubles petits carreaux que ma mère avait récupérées au travail.

Hasard spectaculaire. J'ai immédiatement eu l'idée de fabriquer moi-même les bons points qu'on m'avait injustement dérobés. Le lendemain, fière de moi, je suis allée sur l'estrade de la classe pour convertir mes dix contrefaçons en une vraie image. Mais là, sans aucune hésitation, la maîtresse les a plaqués un par un sur son bureau, s'exclamant : « FAUX. » « FAUX. FAUX. FAUX. » Je me souviens des regards ahuris de tous les élèves sur moi : la muette de la classe, en plus d'être complètement mutique, était aussi tricheuse et faussaire ! Je me souviens parfaitement d'Antoine (avec qui parfois on se cachait pour sucer nos pouces avec nos doudous) qui a dit avec la voix la plus déçue du monde : « Non... Louise... » Fidèle à moi-même, je suis restée silencieuse, les larmes aux yeux.

Sur le coup, j'ai pensé que c'était un complot. Que ma mère m'avait donné ces feuilles pour me piéger, et qu'elle en avait informé la maîtresse en amont. C'est comme ça qu'elle avait pu comprendre si vite la supercherie. En réalité, je pense maintenant qu'il y avait une grande différence entre les vrais bons points et ceux que j'avais fabriqués : la qualité de mon papier qui devait être bien plus fin que du bristol et surtout les lettres majuscules tordues et tremblantes d'un enfant de six ans ne devaient laisser aucun doute.

L'année d'après, une nouvelle est arrivée à l'école et la maîtresse m'a demandé d'être sa copine. C'était Lucie. Depuis, c'est ma meilleure amie. Je l'adore. On ne s'est pas lâchées depuis le CE1 et je n'ai jamais eu d'autre amie qu'elle. Personne ne nous a jamais paru assez fun et malin pour agrandir notre groupe de deux. Son seul défaut, c'est de ne pas avoir choisi allemand en première langue en sixième et d'avoir ainsi scellé notre sort : ne jamais être dans la même classe.

Elle est toute petite et ne porte que des fringues de marque qui ont toujours l'air neuves. À côté d'elle, j'ai l'air usagé. Mes pulls sont boulochés, mes tee-shirts toujours un peu délavés ou mal repassés. Elle a la particularité d'être née avec des cheveux crépus comme les Jackson Five mais d'être blonde comme les blés. En sixième, sa mère l'a amenée chez le coiffeur qui lui a fait un carré court, ou plutôt un carré gonflé de cheveux secs. Son châtiment a alors commencé. Tout le collège l'appelait Bigtouf et dès qu'elle posait un pied dans un couloir de l'école, tout le monde devenait hystérique et criait « BIIIIIGTOUF » en lui secouant les cheveux. C'était un véritable calvaire. Mes souvenirs de collège se résument à des courses-poursuites avec Lucie pour se cacher dans un coin et obtenir quelques minutes de sérénité. Elle pourrait faire une vidéo Brut pour témoigner de son expérience du harcèlement scolaire et ça ferait plein de likes et de partages, tellement c'était choquant. On était Laure Manaudou et Bigtouf. C'était nous deux contre le reste du monde.

Depuis, ses cheveux ont poussé et elle peut les camoufler dans un chignon qu'elle porte tous les jours. Elle a toujours plein d'élastiques dans son sac pour ne jamais revivre cette mésaventure. Heureusement, on a lu sur Internet qu'on changeait de nature de cheveux tous les sept ans, encore un an à tirer.

Aujourd'hui, elle m'a reparlé de cette histoire de trésor. Elle m'a demandé si je comptais quand même aller au rendez-vous au square samedi. Je lui ai dit que non évidemment, je n'en ai rien à foutre de Jérôme. Elle m'a répondu qu'elle, elle irait bien, parce que Jérôme est sympa, et que selon elle : « En vrai, j'ai juré, ça se fait pas miskine. » J'en suis tombée de ma chaise.

Mercredi 3

Il a fait nuit toute la journée.

Jeudi 4

En allant faire les courses avec ma mère à Intermarché, j'ai croisé Crétacé Tertiaire. Elle faisait des vraies courses[1] toute seule comme une daronne. C'était trop bizarre. Je crois que je ne suis jamais allée toute seule dans un supermarché. J'ai tout fait pour l'esquiver, parce que je n'aurais pas su quoi faire si j'avais croisé son regard. Dire bonjour ? Ma mère l'a vue et elle a dit : « Elle est vulgaire cette fille. » J'aime trop la marque du magasin Intermarché, ils ont mes céréales préférées, les carrés fourrés Rik & Rok.

Vendredi 5

Dernier week-end avant la rentrée. J'ai dormi chez Lucie, car comme d'habitude ses parents n'étaient pas là, mais cette

1. Elle achetait pas une canette de Coca et un paquet de gâteaux quoi, mais genre des matières premières style farine et tout, mystique.

fois sa mère n'avait pas laissé de billet de vingt balles pour qu'on commande des bonnes grosses Bacon Groovy bien grasses avec la sauce barbecue en spirale comme topping. Bref, trop chiant. Déjà que je me sentais trop mal d'être là, sur le lieu du crime, avec mon secret, on a dû en plus se faire à manger par nos propres moyens. Lucie m'a missionnée pour la cuisson des pâtes parce qu'elle devait rincer son masque pour les cheveux. Bien sûr, j'ai vu ma mère en faire un milliard de fois mais je n'ai jamais mené les opérations par moi-même, si bien que j'ai paniqué et j'ai mis les coquillettes dans l'eau froide avant d'allumer le feu. Quand Lucie est arrivée et qu'elle a vu les pâtes dans l'eau inerte, elle s'est trop foutue de ma gueule. Je me suis sentie comme une énorme assistée de ne pas savoir faire ça à quinze ans. La honte. J'en ai trop voulu à mes parents de me materner comme ça et d'être tout le temps à la maison, de ne jamais me laisser me débrouiller toute seule. Résultat : je suis un gros bébé de quinze ans incapable de se faire à manger. Lucie a ri comme une hyène, ça m'a trop humiliée, j'avais les larmes aux yeux.

Après le dîner, ça allait mieux. J'avais juste faim en fait. Est-ce que je suis folle ?

En parcours cinéma, Gavroche a annoncé qu'on allait écrire et tourner un film d'ici à la fin de l'année, je suis trop excitée par l'idée. Elle a demandé que chacun propose des synopsis courts. Je suis sûre que j'écris mieux que la plupart des gens de la classe, c'est donc l'occasion parfaite pour impressionner Mehdi, et se rapprocher de lui.

J'ai hâte qu'on travaille en groupe, ça me frustre trop de passer une heure par semaine dans la même pièce que lui sans lui adresser la parole. Écrire tous les jours dans ce journal m'a fait progresser de manière exponentielle. Les mots me viennent plus facilement et ça m'aide à expulser mes idées noires.

Samedi 6

Lucie m'a demandé de l'accompagner au square pour le cas où ce serait le malaise avec le grand gagnant de la chasse au trésor. Quand elle est sortie de sa salle de bains, ce matin, elle avait plein de croûtes de mascara sur ses cils. On aurait dit un de ces petits caniches blancs qui ont toujours un amas conséquent de crottes noires dégueu au coin des yeux. Elle avait mis des fringues qui ne lui ressemblaient pas, du genre de celles que nos mères nous achètent pour les mariages. On aurait dit une de ces petites filles qui font la quête à la messe d'un baptême sauf qu'elle parlait toujours comme un dealer. Elle me fait trop rire. Je l'ai aidée à retirer les boulettes noires de ses cils et elle m'a dit « J'ai la boule au ventre je vais béger, jcrois carrément » alors j'ai compris qu'elle allait au rendez-vous non pas pour éviter de mettre un plan à Jérôme mais parce qu'elle était intéressée par lui. J'en ai profité pour me moquer. Elle n'était pas contente mais je lui ai rappelé qu'elle m'avait déjà fait la même chose.

Au collège, moi aussi j'étais intéressée par un mec que Lucie trouvait moche. À chaque récré, quand je passais devant lui, j'avais cette même boule au ventre. Lucie l'appelait Quasimodo parce qu'il était petit et qu'il avait une tête avec un gros front comme les bébés hydrocéphales. Il ressemblait un peu aux Martiens dans *Mars Attacks !*. Je ne le trouvais pas très beau non plus mais j'avais l'impression qu'il s'intéressait à moi et ça me suffisait amplement car c'était complètement inédit ! D'ailleurs, ça n'est jamais plus arrivé depuis, à ce que je sais. Plusieurs fois, j'ai senti son regard appuyé sur moi quand je passais devant lui, sinon je ne l'aurais même pas remarqué évidemment. J'ai arrêté de le calculer quand j'ai constaté qu'il sortait avec une fille super vulgaire, qui avait déjà eu plein de mecs avant lui, la même année. Les gens n'ont pas de fierté ou quoi ? Moi, je veux être la première copine de quelqu'un et que ça dure toute la vie, sinon quel intérêt ? On n'est pas des marchandises, ce n'est pas du troc l'amour, je n'ai pas envie de passer après une autre. Bref, j'étais trop contente de pouvoir me moquer des goûts de merde de Lucie en matière de mecs. Cheh !

Quand on est arrivées au square, on a tout de suite aperçu Jérôme au milieu du kiosque à musique. J'ai eu l'impression qu'il s'était plaqué les cheveux avec du gel comme les serveurs parisiens dans les films américains. Lucie s'est liquéfiée, elle a dit : « Je fais quoi wesh ? » J'ai cru qu'elle allait se mettre à chialer et à vomir. Je lui ai dit qu'on n'était pas obligées d'y aller et qu'il y avait une rétrospective Milos Forman à la Cinémathèque, si jamais. Elle n'a même pas relevé et elle est partie en flèche après avoir pris une grande inspiration. J'étais sur le cul et je me suis cachée dans un fourré (encore) pour les observer. Je ne pouvais pas les entendre mais juste imaginer les dialogues en les doublant comme un dessin animé.

THE MUPPET SHOW AT THE MUSIC KIOSK

A script by Louise Berthier

EXT JOUR KIOSQUE À MUSIQUE

Lucie en tenue de sainte-nitouche s'approche de Smogogo.

LUCIE

Salut Smogogo !

SMOGOGO

Falu luffie fééé moi Jérôme je sflingue fa mère,
alors comme fa, fféé toi qui as fait la fffaaaff
au trésor ???

LUCIE

Non, c'est ma fabuleuse amie Louise,
tu sais la grande brune brillante
pleine d'idées géniales ?

SMOGOGO

LAIFF MOI T'EMBAUMER DE MA PUANTEUR LUFFIE

LUCIE

Jérôme wesh, cessez de péter,
vous êtes indigent, starfoullah.

SMOGOGO

FFFFFFFFFFFF *(pet soufflé).*

LUCIE

Vous êtes un monstre Jérôme, ma bonne amie Louise
m'avait pourtant prévenue de la réputation
qui vous précède messire ! Mais wesh !

SMOGOGO

FFFFFF FFFFFFF FFFFFFFF

Après ça, je les ai perdus de vue car ils sont partis se promener, ça m'a fait un choc d'être abandonnée au square comme un chien sur l'autoroute du Soleil. Je ne savais pas quoi faire de mon samedi alors j'ai marché dans les rues de Maisons-Alfort. Je n'ai croisé personne d'intéressant, il n'y avait que des vieux qui promènent leurs chiens. Je suis retournée chez moi et mon père était en train de jouer Vincent Delerm au synthé. Déprimos.

PROPOSITION DE SYNOPSIS #1

Des vieux et des chiens

2050. Dans un monde post-apocalyptique, la société est séparée en deux factions rivales : les Vieux et les Chiens. Bientôt, Hervé, quatre-vingt-cinq ans, tombe fou amoureux de Mambo, un colley à poils longs...

Dimanche 7

Je crois que la première fois que je me suis sentie nulle ou, en tout cas, moins bien que les autres, c'est quand j'ai commencé le solfège et le piano au conservatoire de Maisons-Alfort.

Flash-back. À quatre ans, j'ai eu droit à des cours d'éveil musical à la maison. On se réunissait les uns chez les autres avec d'autres enfants du quartier et la prof venait nous apprendre à lire la musique avec une marionnette en forme de note, qui mangeait une portée géante construite avec des cordes tendues entre deux tasseaux de bois. Selon la famille chez laquelle on allait, il y avait des goûters de plus ou moins bonne qualité. Ça allait du faux Kinder Délice au vrai Kinder Bueno en passant par toutes sortes de bonbecs interdits chez moi, le paradis. Chaque année, au mois de juin, il y avait une audition où tout le monde jouait un morceau devant les autres. À la fin, il y avait un goûter géant et Marina, la prof, interprétait une chanson au piano, toujours la même, « Les uns contre les autres » de *Starmania*. Elle chantait comme Véronique Sanson, avec beaucoup d'intensité, quand j'y repense, ça me fait trop marrer. Il n'y a même pas de couplets dans cette chanson, c'est un refrain en boucle. J'étais fan.

Quand je suis entrée au conservatoire, la fête était finie. Comme j'avais déjà fait de l'éveil musical, ils m'ont mise directement en troisième année alors que j'avais six ans et que je savais juste reconnaître la « note marionnette » et manger des bonbons. Les autres avaient appris à reconnaître chacune des notes à l'oreille et à identifier des intervalles. Ils parlaient de « tierce » et de « clé d'ut ». Je ne connaissais aucun de ces mots et je n'ai jamais réussi à rattraper ce retard malgré la rigueur du prof, Marc Sich, qui était réputé pour être le plus gentil des profs du conservatoire (je n'ose même pas imaginer les autres). Pour moi qui ai toujours eu de bons résultats scolaires, c'était une énorme claque dans ma face d'être nulle en classe.

Mais ce n'était que le début du calvaire car peu après, les cours de piano ont commencé. C'étaient des cours particuliers. Mon professeur était un Italien avec un fort accent et probablement la jaunisse, vu sa couleur de peau. Il avait les ongles très courts et quand je jouais, il me tapotait l'épaule pour marquer le rythme, en chantant l'air du morceau avec des « yapapa yapapa » à la place des « la la la » plus conventionnels. Quand je me trompais, il me tapait sur les doigts de rage en écrasant le clavier, c'était ultra-violent. Je pleurais devant lui toutes les semaines et il n'en avait strictement rien à faire. Il me détestait et il était désespéré parce que je ne travaillais jamais à la maison. Dans ce conservatoire, il était interdit de jouer autre chose que de la musique savante. Une fois, en attendant le prof, j'ai joué la musique de la pub Monsieur Propre pour m'amuser, le directeur a débarqué dans la seconde pour me dire d'arrêter tout de suite. Dommage, parce que cette mélodie, c'est la seule que j'aie trouvée toute seule à l'oreille. J'en étais fière. Ça témoignait quand même d'un progrès malgré la médiocrité de la mélodie !

Cet endroit m'a fait comprendre que je ne ferais jamais partie de l'élite. J'avais l'impression d'être une gueuse inculte, j'ai détesté ce conservatoire et tous les ans, quand mes parents me demandaient ce que je voulais à Noël, je leur répondais : « Arrêter le piano. » Quand je suis rentrée en troisième, comme il y avait le brevet des collèges à la fin de l'année et que la plus grande peur de mes parents était que je ne dépasse jamais leur niveau d'études, ils ont accepté d'arrêter de payer une fortune pour ces cours que je détestais. Ce conservatoire a disparu de ma vie mais pas l'impression d'être particulièrement plus nulle que les autres qui, elle, est restée.

Lundi 8

C'était la reprise aujourd'hui. Impossible d'avaler quoi que ce soit au petit déj. Sur le chemin du lycée, mon cœur battait à fond à l'idée de croiser Mehdi. À chaque coin de rue, je me disais que c'était lui. Finalement, je ne l'ai croisé que de loin, à la pause de l'après-midi. Il avait les cheveux un peu gras *today*, sûrement parce qu'il passe tout le temps la main dedans. J'adore quand il fait ça. Ce midi, Lucie m'a raconté ce qui s'est passé après le kiosque à musique. Elle en a parlé pendant deux heures sans me poser aucune question. Et si j'avais vécu un drame familial entre-temps ? Elle n'a demandé aucune nouvelle de mon week-end ! Bon, évidemment, il ne s'est strictement rien passé. Je suis allée voir *Man on the Moon* avec mon père à la Cinémathèque puis on a bu un chocolat chaud dans la brasserie devant Bercy, comme d'habitude.

Voici le topo de Lucie : après le square, ils se sont promenés sur les bords de Marne jusqu'au pont de Joinville.

Jérôme avait apporté du pain sec pour le donner aux ragondins. Ça revient à les tuer à petit feu mais OK. Et surtout, c'est super romantique d'attirer des gros rats flottants autour de soi ! Après ils se sont posés sur les tables de ping-pong en béton armé près du quartier des Planètes. Il lui a dit à quel point c'était brillant et hilarant d'avoir organisé une chasse au trésor pour un inconnu qui trouverait le premier indice. Il a évoqué le travail de l'artiste Sophie Calle et dit que ce projet était un pont entre l'art et la vie. Rien que ça. Et elle, elle n'a jamais rétabli la vérité en précisant que c'était aussi, un peu, MON idée. Enfin c'était son idée mais j'ai fait la plupart des indices et fourni la plastifieuse. En plus, ça n'a pas été créé pour un inconnu, mais pour quelqu'un d'autre que Jérôme Abittan. Ça m'apprendra à vouloir me la jouer Amélie Poulain au rabais. Je fais trop pitié.

Après ils sont rentrés chacun chez eux parce qu'ils crevaient de froid et ILS SE SONT TENU LA MAIN. Elle m'a dit qu'elle ne savait pas trop quoi en penser, elle se demandait s'ils étaient « en couple ». Elle doit le revoir cette semaine en dehors du lycée. Ça me choque. C'est allé tellement vite, je n'ai rien vu venir. Elle n'arrête pas d'échanger des messages avec lui, elle a toujours eu son téléphone vissé à la main, mais là, c'est pire que tout. Je comprends maintenant pourquoi elle n'a pas pris deux minutes pour me téléphoner ce week-end. J'ai l'impression que même quand elle est avec moi, elle est avec lui. C'est tellement désagréable. J'aimerais avoir un smartphone moi aussi. Je pourrais scroller à l'infini en ignorant les gens qui me parlent (= Lucie).

Mardi 9

Traversée de couloir devant Mehdi aujourd'hui. Je voulais lui sourire mais au moment où il aurait pu croiser mon regard, j'ai eu une quinte de toux grasse immonde. J'ai bifurqué dans l'escalier pour disparaître et j'ai attendu que ce soit la fin de la pause pour retourner vers ma classe.

Mercredi 10

J'ai accompagné ma mère à son cours de poterie parce que je m'ennuyais à mourir. J'ai enfin mis un visage sur les dames qu'elle passe son temps à critiquer quand elle rentre. En vrai, elles avaient l'air sympa. Sa pote Christine, qu'elle surnomme « Mimi Geignarde » parce que, selon elle, elle passe son temps à se plaindre, m'a même cédé sa place devant son tour de potier pour que je puisse essayer. J'ai adoré ! J'ai fait un petit bol cabossé où j'ai gravé « Asupdéiep », en verlan ça fait « Ça pue des pieds ». Quand on était petites avec Lucie, on voulait créer un parfum qui s'appellerait comme ça, puis le vendre à l'international sans que personne se rende jamais compte de la supercherie du nom. Personnellement, j'ai mis cinq ans à comprendre le nom de scène de Stromae, alors je crois encore un peu à ce projet. J'offrirai le bol à Lucie pour son anniversaire ! J'ai trop hâte.

Jeudi 11

Purée. Ça y est. Lucie sort officiellement avec Jérôme Abittan.

Si on m'avait dit ça, il y a quelques années, je n'aurais pas pu le croire. Bon sang de bois. Ils sont allés au cinéma ensemble et se sont embrassés pendant la pub Maif. J'ai fait semblant d'être contente pour elle parce que je n'ai pas envie d'être l'amie jalouse du film. Mais en vrai, je suis trop jalouse. Je me sens abandonnée et envieuse. J'étais persuadée que j'aurais un copain avant elle. Elle jouait encore avec ses cartes Pokémon l'année dernière et maintenant elle a embrassé un mec et pas moi. J'ai l'impression que si elle a un mec c'est parce qu'elle est meilleure que moi, comme si dès qu'elle obtenait quelque chose ça me l'ôtait, me le rendait inaccessible, m'enlevait ainsi de la valeur et me plaçait en deuxième position dans le concours de la vie. Mais c'est moi qui crée ce concours de toutes pièces. C'est tellement con de penser comme ça, je me hais.

PS : Quand je lui ai demandé si je venais chez elle demain soir, elle m'a dit qu'elle était désolée mais qu'elle avait prévu d'aller chez lui et que, si ça ne me dérangeait pas, elle raconterait qu'elle dormait chez moi à ses parents. J'étais sous le choc, j'ai immédiatement demandé si elle comptait coucher avec lui. J'étais estomaquée + qu'est-ce que je vais faire de mon vendredi soir ?

Vendredi 12

Crétacé Tertiaire met des crop tops même en hiver. Elle arrive à être sexy par moins douze degrés, c'est fascinant. Moi, je porte des sous pulls, des pulls, une énorme doudoune avec des plumes synthétiques qui se barrent par les coutures. J'ai l'air d'un gros enfant de cinq ans. Je suis trop déprimée, je devrais être en train de jouer à *Zumba Burn It Up !* en mangeant une bonne grasse pizza Domino's en compagnie de ma meilleure copine.

Dimanche 14

Parfois je me sens coupable d'avoir arrêté le piano. C'était le rêve de mon père d'être pianiste et il aurait largement pu le devenir s'il avait été soutenu. Mais quand il a eu dix-huit ans, son père a tout perdu au jeu et l'a obligé à commencer à travailler. Il a mis des années à réussir à se payer son propre piano, et moi, on m'offre tout sur un plateau et je fais la fine bouche. Quel genre d'ingrate je fais ?

PROPOSITION DE SYNOPSIS #2

Granity

Un astronaute scientifique, seul survivant de sa mission spatiale, doit réparer son vaisseau après avoir renversé son granité goût cola sur les boutons importants du poste de contrôle de la navette. Il va alors tout tenter pour réparer ses erreurs et rentrer sur Terre sans contracter le diabète.

Mardi 16

Traversée de couloir inintéressante. Il n'était pas sorti de sa classe quand je suis passée devant. Dommage, j'avais des beaux cheveux pour une fois. Trop envie de manger des Ferrero Rocher.

Mercredi 17

Cet après-midi, je suis allée à Créteil Soleil avec ma mère. Elle sent bien que je n'ai pas trop le moral vu combien de fois elle m'a proposé un maxi pain de la Mie Câline et combien de fois j'ai refusé. J'ai sûrement perdu du poids parce que, la semaine passée, à trois reprises, Lucie m'a fait faux bond au moment d'aller manger à la cantine. Maintenant, elle va parfois chez Jérôme le midi donc je passe toute la pause à zoner au CDI pour qu'on ne me voie pas toute seule. La honte. De toute façon, j'ai zéro appétit, je suis super triste. J'ai l'impression que ça ne passera jamais. (Je suis presque sûre que mes joues se sont creusées).

On a passé une éternité à la Fnac, chacune à la recherche du livre qui pourrait changer notre vision du monde. En vain. Dans un rayon, j'ai croisé le père de Lucie en compagnie de... SA VOISINE DU DESSUS !!! J'étais outrée. Il m'a clairement remarquée et m'a volontairement ignorée. Il me dégoûte. Quand on les voit côte à côte, la différence d'âge est flagrante. Il a beau porter des sweats oversize à la cool et adopter une attitude détendue, il ne fait pas illusion à côté de la voisine. Qu'est-ce qu'elle peut sérieusement lui trouver ? Peut-être qu'il lui paie des machins à la Fnac ?

Il se promène à Créteil Soleil parce qu'il sait qu'il est en lieu sûr. Sa femme et sa fille n'iraient jamais dans cet endroit. Elles vont plutôt au Bon Marché ou aux Galeries. Je pense que ma mère ne sait même pas ce qu'est le Bon Marché. On ne va jamais à Paris parce que c'est impraticable en voiture et tout est hors de prix.

Vendredi 19

Mehdi m'a regardée pendant le cours. Limite, il me fixait. En fait, il était hypnotisé, il avait les yeux complètement dans le vague. Ça m'arrive souvent en cours, je fixe un point et je pars dans un univers parallèle identique au nôtre, mais où tout serait flou et lointain. Il suffit de fixer son regard sur un truc. Aujourd'hui, j'étais le truc de Mehdi. Est-ce que je devrais être flattée ? Peut-être que je l'obsède ? Il m'aime en secret, c'est sûr.

Vendredi 26

En zonant seule au CDI, j'ai assisté à une scène stylart. La documentaliste, Myriam, qui a une licence d'anglais comme elle aime le faire savoir en prononçant chaque mot anglais du quotidien avec un accent exagéré (« As-tu essayé d'appuyer sur le bouton *PAAAAAAOWER* ? »), traversait fièrement son royaume (le CDI), quand j'ai vu un bout de tissu froissé tomber du bas de son pantalon évasé. En faisant semblant d'aller chercher une information dans le *Quid 2005*, j'ai compris de quoi il s'agissait : un fucking slip sale. Si j'avais eu des amis, je leur aurais raconté tout de suite !

Ça m'est déjà arrivé dans ma chambre en remettant un pantalon de la veille que j'avais enlevé d'un bloc avec ma culotte. J'ai pris quelques minutes pour imaginer Myriam en train de retirer son pantalon et son slip puis de traverser sa chambre de vieille fille le cul nu.

PS : Lucie m'a proposé de venir chez elle ce soir ! Comme avant ! Je suis trop contente et soulagée. En plus, Crétacé avait un maquillage horrible *today*.

Samedi 27

Lucie a passé la soirée sur son téléphone. J'avais l'impression de déranger. Quand elle l'a posé, c'était uniquement pour parler de Jérôme. Elle a commencé à me raconter le soir où elle a dormi chez lui et comment elle a mis sa main dans son slop. Là, c'en était trop pour moi. Je n'avais pas envie de penser à la quéquette de Jérôme sur mon temps libre, du coup j'ai changé le sujet de la conversation *fissa* en basculant sur le thème hilarant du slip de Myriam. Plus tard, alors qu'on était en train de jouer à *Zumba Burn It Up !* dans le salon, Lucie m'a mis un énorme coup de coude dans le ventre sans le faire exprès. Je me suis effondrée en larmes en lui reprochant de plus du tout me prendre en compte et que c'était normal pour une fille de bourges de penser qu'à son petit nombril. Qu'elle avait tout sans lutter. Qu'elle n'était qu'une ingrate et une mauvaise amie et qu'en plus son père se tapait la voisine.

PROPOSITION DE SYNOPSIS #3

La Poudre

Une jeune trentenaire parisienne accro au thé matcha commerce équitable et aux pantalons chino en coton bio, est victime d'une prise d'otage. C'est avec un pistolet sur la tempe qu'elle devra poursuivre l'enregistrement de son podcast féministe intersectionnel pendant des jours sans s'arrêter et sans aucun sponsors de marque de culottes menstruelles.

Mardi 30

Ce qui peut arriver de plus dingue aux habitants de Maisons-Alfort, c'est de voir une photo d'eux paraître dans le journal de la ville. J'ai vécu ça une seule fois. On pouvait m'apercevoir en second plan en train de faire la gueule derrière le maire de la ville. Comme dans mon école primaire on avait des cours d'échecs (le jeu hein, on n'avait pas des cours pour apprendre à tout rater), tous les élèves de ma classe avaient été inscrits d'office au tournoi de la ville. J'étais en CM2 mais la plupart des candidats étaient en sixième. Je me suis fait éclater dès le premier match par un mec qui m'a fait le coup du berger directement. Je savais le reconnaître mais pas le contrer. À la fin, ils ont annoncé le classement en partant du fond du panier. Ils m'ont appelée presque tout de suite, j'étais trois cent cinquante-deuxième sur trois cent cinquante-cinq participants. Les trois plus mauvais avant moi n'étaient pas venus chercher leur médaille de participation pour la bonne et simple raison qu'ils étaient absents. Je n'ai jamais eu aussi honte.

Plus qu'un mois avant mon anniversaire.

Je n'ai officiellement plus d'amie.

Normal, quand on est une merde humaine comme moi.

PS : Pas de traversée de couloir aujourd'hui, j'avais les cheveux trop sales et pas le moral.

DÉCEMBRE

Dépression

Mercredi 1er

JE DÉTESTE LA TERRE ENTIÈRE.

Jeudi 2

Je n'arrive pas à me souvenir de bons moments passés avec Lucie, j'ai le sentiment de n'avoir gardé en mémoire que le négatif de notre relation. Est-ce que je suis un démon de penser comme ça ? Je me remémore toutes les fois où elle s'est mise en avant par rapport à moi. Un jour, elle m'a dit que j'avais les seins qui pendaient après que je l'avais affectueusement qualifiée de « petite ». En vrai, j'avais peut-être dit « naine ». D'ailleurs, médicalement je ne devais pas être loin de la vérité puisqu'elle faisait un mètre quarante mais bref. Elle m'avait répondu du tac au tac que mes loches louchaient sur mes ballerines et qu'elle pouvait en témoigner vu qu'elle était précisément à leur hauteur toute la journée. Elle l'avait dit tellement spontanément que ça se sentait qu'elle le pensait depuis longtemps. Ça m'a créé un énorme complexe et maintenant je ne porte plus que des brassières de sport au maintien extrême et des hauts assez amples pour ne pas mouler mes seins. Je l'ai trouvée cruelle parce que ce n'est pas un défaut d'être petite, c'est mignon, alors que les gros seins qui pendent, c'est une malédiction. Mais elle, il faut toujours qu'elle fasse sa victime d'oppression systémique, ça me gave.

Ce que je ne supporte plus non plus, c'est son manque de personnalité. Pour pallier ce défaut, elle a développé une étonnante faculté d'éponge : elle absorbe les tics de langage des autres, leurs mimiques et même leur rire parfois. Je le sais parce qu'un jour, alors que je trouvais sa façon de rigoler différente, quelqu'un nous a fait remarquer qu'on riait toutes les deux de la même manière. Elle m'avait piqué mon rire (ainsi que mon énergie vitale tel un Détraqueur). D'ailleurs cette façon de parler comme une énorme racaille, elle la doit à sa cousine qui vit à Sevran. C'est vraiment une habitude des bourgeois blancs de s'inventer cette contenance. Elle n'assume pas d'avoir des parents friqués et toutes les chances de son côté, ça m'énerve. Si j'avais plus de trois mots de vocabulaire et une culture solide, j'en serais fière et ce journal aurait plus de gueule. J'en ai trop marre de l'hiver, avec toutes mes couches de vêtements, j'ai l'air encore plus balourde. On n'a pas tous la chance d'avoir des fringues premium bien coupées de marques techniques du genre doudounes Moncler.

Vendredi 3

On a étudié la chambre au cinéma. Gavroche nous a montré comment on pouvait caractériser un personnage rien qu'en montrant sa chambre. On a décortiqué toutes celles du film *Juno.* La meilleure pote de l'héroïne est une espèce d'archétype de la bimbo mais version sympathique, alors sa chambre est recouverte de posters et de pages de magazine avec ses idoles au premier et second degré. Il y a à la fois Woody Allen, Bill Clinton, le prince Charles et Ed Kemper (le tueur en série). J'adore cette idée mais c'est un peu explicatif. On sent que c'est un adulte qui a passé des jours à faire du découpage en pensant comme un ado. En faisant *pause*, on peut s'apercevoir qu'il y a plusieurs fois les mêmes photos dans le pêle-mêle. Dans la chambre de Juno aussi, on sent la patte du graphiste qui a réfléchi à une palette de couleurs, on n'y croit pas du tout. En plus, Juno est présentée comme une fille trop bizarre alors qu'elle est trop cool, trop marrante et super bien habillée. Elle ose ouvrir sa gueule et a du répondant ; les filles bizarres dans la vraie vie, ce sont des Amélia qu'on change d'école parce qu'elles font peur à tout le monde.

Dans un film contemporain, on ne pourrait plus faire ça parce que les adolescents veulent une chambre instagrammable à la Kardashian avec une table de chevet imitation marbre. Plus personne ne dégrade ses murs avec des bouts de papiers glacés mal découpés, ça fait sale sur TikTok. Je me demande comment est la chambre de Mehdi. J'aime imaginer un lieu à la fois chaleureux et plein de vie mais maîtrisé : une housse de couette sobre noire ou blanche, sans le capitaine Haddock dessus. Il a forcément une affiche de film genre *Manhattan* ou *Orange mécanique*, une platine vinyle avec certains skeuds des Doors exposés nonchalamment, et bien sûr quelques coffrets DVD vintage des Monty Pythons et de Scorsese. Il doit sûrement avoir des meubles Ikea, une Billy ou une Kallax. J'espère qu'un jour, je finirai par le découvrir.

À la fin du cours, Gavroche nous a mis un énorme coup de pression pour qu'on revienne absolument à la rentrée de janvier avec des idées pour le projet de court-métrage. Ça fait déjà plusieurs semaines qu'elle a en a parlé et elle n'a lu aucun synopsis. C'est vrai que je n'ai pas eu d'idées assez brillantes pour être dévoilées devant Mehdi. Si j'avais du courage, je lui demanderais d'y réfléchir avec moi mais je vais plutôt y penser toute seule dans ma chambre en boulottant un million de Célébrations. Aujourd'hui il portait sa marinière. J'adore quand il la met, c'est le Mehdi qui m'a plu tout de suite. Ses cheveux ont poussé depuis la rentrée, ils sont souples et ont l'air doux, j'aimerais bien fourrer ma main dedans.

Dimanche 5

Mon père joue le thème de *Barry Lyndon* au synthé avec un effet orgue pour parfaire ce beau dimanche morbide à la maison. Ça me donne envie d'imaginer le jour de mon enterrement. Je ne suis pas suicidaire, ce sera dans longtemps, probablement en 2072. On aura déjà bien amorcé la décroissance donc tous les invités porteront des vêtements recyclés à partir de fringues broyées pour en recréer d'autres plus chères. La langue officielle sera devenue l'espéranto, la langue qui fusionne toutes les autres langues européennes pour plus de simplicité et d'inclusivité. Ça donne quelque chose dans ce goût-là :

THE DAY OF DER ENTERREMENT

Una script auf Louise Berthier

INT JOUR CHURCH DI MAISONS ALFORT

Tous les invités sont placés en arc de cercle, debout sur leurs Segway fabriqués à partir de bouchons de bouteilles en plastique recyclés. La cérémonie est menée par un stand-upeur car dans le futur tout doit être drôle et divertissant, sinon l'assistance s'endort ou scrolle son portable, même pendant un enterrement. Lucie, l'ex-meilleure amie de Louise, est présente elle aussi. Elle se mouche très fort dans un mouchoir du futur en tissu technique. Grâce à un processus chimique, la morve est immédiatement réduite en fumée de morve aseptique.

STAND-UPEUR

Benvenuto to the enterrement auf Louise...
I don't know si you avez remarqué but
si the Devil s'habille in Prada allora on est
in paradise, lot of laugh.

Lucie éclate en sanglots, rongée qu'elle est, par les remords et la culpabilité.

STAND-UPEUR

If qualcuno wants to sprechen, qu'iel spricht oder
keep his mouth shut à jamais.

Lucie, dévastée, hurle dans un sanglot tonitruant qui fait trembler tous les Segway de l'assistance. Puis, elle roule lentement pour se placer à côté du stand-upeur et entame un discours pathétique loin de la grandiosité de sa défunte amie Louise.

LUCIE
Ich bin sad y seule since Louise è morto, wallah.

MEHDI
TRAÎTRE ! COWARD ! VIGGLIACAMENTE !

LUCIE
Was passiert sa mère la puta ?

MEHDI
Du bist ein big mierda Lucie !

Là, Mehdi déclenche une vidéo directement depuis la paume de sa main car dans le futur, les smartphones seront intégrés dans nos membres dès la naissance. La vidéo est en fait un hologramme de Louise préenregistré avant sa mort, qui apparaît au milieu de l'assistance.

HOLOGRAMME DE LOUISE
Calm down tutti. Yo soy Louise from the past. J'étais wondering si Lucie would be da für attirer l'attention on elle, as usual, even à meine enterrement. Und ich habe la réponse now.

MEHDI
Ich liebe dich Louise my love.

HOLOGRAMME DE LOUISE
So do I Mehdi.

Oui, ils auraient répété le show à l'avance pour que Mehdi sache à quel moment il devrait dire sa réplique.

STAND UPEUR
OK Louise keep das real, that's all für mich, qu'on brûle le body yeaah.

Il drope le mic et décolle en jetpack.

FIN

Je crois que je commence à souffrir de la solitude.

Lundi 6

Il y a un autre truc qui m'énerve chez Lucie. C'est sa manière de faire démesurément attention à elle. Par exemple, elle est capable de dire « Ce shampoing me fait regraisser les cheveux plus vite que celui-là. » Comment elle peut le savoir ? Elle tient des tableurs Excel avec sa date de shampoing et le taux de sébum dans son cuir chevelu ? C'est indécent de se regarder le nombril à ce point, non ? Qu'en penses-tu, mon petit journal adoré ? J'ai relu le journal d'Anne Frank, elle a donné un nom à son journal. Elle l'appelle Kitty, c'est un peu puéril mais elle était beaucoup plus jeune que moi quand elle l'a commencé et j'imagine qu'elle avait moins de choses auxquelles se raccrocher dans la vie, je ne vais pas me mettre à jeter la pierre à Anne

Frank. C'est une brave fille, elle. Je suis sûre qu'elle ne devait pas établir des classements de ses shampoings préférés, vu qu'elle n'en possédait probablement qu'un seul.

Mardi 7

Plus que onze jours avant les vacances de Noël.

À la pause de 11 h 35, j'ai traversé le couloir, comme d'habitude, pour apercevoir Mehdi. Sauf qu'aujourd'hui, nos regards se sont croisés, et je lui ai dit : « On arrête de faire semblant qu'on n'est pas faits l'un pour l'autre, OK ? » Il a éclaté de rire puis il m'a dit : « Moi, j'aimais bien ce petit jeu. » Puis il m'a prise par la main et m'a entraînée dans les escaliers, à l'abri des regards pour... Bien sûr que non, c'est faux, le prof de maths était absent, je suis rentrée chez moi à 10 h 30. Je ne l'ai même pas ne serait-ce qu'aperçu aujourd'hui.

Mercredi 8

Quand j'ai révélé à Lucie que son père se tapait la voisine, elle ne m'a pas crue et m'a dit que je prenais mes désirs pour la réalité. J'ai sa phrase en boucle dans ma tête : « T'es une rageuse, tu laisses rien passer, tu crois que t'es parfaite j'ai juré, elle est folle elle. » Elle pense que je suis quelqu'un qui juge les autres H24 sans jamais se regarder dans le miroir. Mais est-ce qu'elle n'était pas elle-même en train de me juger en disant ça ? Tout le monde a un avis sur les autres. C'est juste que moi je le dis à voix haute, c'est tout. C'est moins hypocrite. Elle peut bien faire la gueule, mais c'est elle qui refuse de voir la réalité en face. Elle croit que j'ai inventé cette histoire d'adultère parce que je suis jalouse qu'elle ait un mec et pas moi. Et dire que j'ai misé sur elle pendant toutes ces années pour qu'elle m'abandonne au premier gadjo venu. Bon débarras ! Je vais demander à ma mère si on peut aller chercher du chinois bien gras pour le repas de ce soir.

Jeudi 9

En sortant des toilettes, je suis tombée nez à nez avec Lucie. On s'est lavé les mains côte à côte dans un silence de plomb. Elle est partie sans se sécher les mains.

Sur le chemin du retour, quelqu'un m'a bousculée sans faire exprès et je me suis mise à pleurer comme un veau en faisant un bruit de détresse respiratoire. Je devais être super moche. J'ai morvé dans ma manche.

Vendredi 10

J'ai fait un truc taré en cours de cinéma aujourd'hui.

J'avais passé des heures seule au CDI parce que le prof d'allemand était encore absent. Apparemment, il est en dépression. Qui ne l'est pas ? J'étais dans mon petit monde. Je me rends compte que ces derniers temps, je passe des heures sans parler à personne à tel point que, quand je dois dire « Présente » au début du cours, ma gorge est enrouée et je dois toussoter pour récupérer un timbre de voix humain. C'est comme les vieux au théâtre, quand la première blague du spectacle arrive, ils tentent de rire mais à la place, ils se mettent tous à tousser en chœur avant de pouvoir s'esclaffer vraiment. Quand on va voir une pièce avec mes parents, j'attends toujours impatiemment ce moment comme une papillote devant le film du soir.

Je suis tellement fatiguée par les semaines de cours à plus de quarante heures et les kilomètres de lignes d'écriture que je dois prendre et rendre que je m'enferme dans ce marathon de travail sans plaisir, sans réfléchir. Je ne pense plus, j'ai activé le pilote automatique. Je ne me souviens même pas de la dernière fois où j'ai rigolé de bon cœur. Cet aprèm, Gavroche parlait du film *Stan et Ollie* depuis plusieurs minutes. C'est le film biographique de Laurel et Hardy, qui raconte la fin d'un duo iconique, ça me déprimait complètement et j'ai commencé à penser à Bigflo et Oli, puis, comme elle répétait le prénom « Stan », ça m'a rappelé la chanson « Stan » d'Eminem et Dido. J'avais le refrain dans la tête :

My tea's got cold i'm wondering whyyy
That I gooootobadado
The morning rinclotomaweeendo
That I can't see at all
Even if I could it albigré
Put your picture on my wall
It reminds me that it is not so bad, not so baaad.

Un éclat de rire digne d'une horde de cochons truffiers m'a fait revenir au moment présent. J'avais chanté à voix haute devant toute la classe. J'aurais voulu disparaître.

Gavroche est intervenue et m'a félicitée pour mon accent anglais. Tout le monde a ri à nouveau, le cauchemar. Là, Crétacé Tertiaire a ouvert son énorme bouche pour me dire : « Ah mais c'est "Stan" han !! Hihan[1], moi aussi, je l'ai dans la tête depuis tout à l'heure ! » Et après, elle m'a souri. J'ai cru que j'allais me mettre à pleurer car personne ne m'avait adressé la parole personnellement depuis des semaines et il fallait que ça vienne de la fille que j'estime le moins sur cette planète (toutes proportions gardées). Ça m'a fait tellement bizarre qu'elle me sourie : son visage était complètement différent, comme quand tu croises une star en vrai, on dirait un sosie raté. Là, c'était pareil, j'ai vu de la bonhomie dans son visage pour la première fois. Une fois, j'avais croisé la chanteuse Zazie chez Metro (la mère de Lucie a la carte pour acheter en gros) (quand quelqu'un dit « acheter en gros », je m'imagine dans les rayons d'un supermarché en train de marcher avec un gros Caddie et portant un *fat suit* comme dans *Le Professeur Foldingue*). Bref, je m'étais dit immédiatement « C'est Zazie han » et après j'ai eu un gros doute, c'était peut-être juste une prof de théâtre ou de céramique avec une carte Metro.

Gavroche a annoncé qu'elle voulait mettre en place un nouveau rituel chaque semaine : un élève parlerait d'un film qu'il a aimé et il expliquerait pourquoi. À chaque fin de cours, elle tirerait au sort un nom pour la semaine d'après. Devinez qui a été choisi ? MOI ! Je suis terrifiée à l'idée de

1. Elle a pas vraiment fait un cri d'âne mais comme elle me fait penser à l'âne dans *Shrek*, c'est mon ressenti.

devoir prendre la parole
devoir prendre la parole devant Mehdi
devoir prendre la parole devant Mehdi et Jessica
devoir prendre la parole devant Mehdi et Jessica pour parler de ce que j'aime, moi personnellement.

De quoi je vais parler ? Et si je me mets à chanter sans m'en rendre compte ?

Samedi 11

Ce soir c'est l'élection de Miss France. J'avais l'habitude de la regarder avec Lucie. On faisait des classements et des commentaires. C'était bien sûr un comportement exceptionnel à la *American Nightmare*, une nuit dans l'année, où la sororité n'existe plus. J'ai proposé cette activité à ma mère. Ça l'a convaincue tout de suite, elle a fait des pâtes bolo qu'on a mangées devant la télé. C'était super.

Mardi 14

Avec la bande Prout, on a dû présenter notre « chorégraphie » avec enchaînement de figures de gymnastique et d'acrobaties. C'était ridicule. On devait le faire en musique, on a répété juste avant pendant une heure parce que évidemment, on n'avait rien préparé. Je suis fière car c'est moi qui ai proposé de choisir une musique qui pulse pour combler nos failles techniques et tout miser sur la note artistique. Je maîtrise seulement la roulade – avant et arrière, donc j'ai décidé d'en enchaîner des dizaines pour un effet feu d'artifice.

On était toutes d'accord pour la musique de *Godzilla*, de Puff Daddy featuring Jimmy Page. C'est aussi le générique de « Téléfoot ». On a fait une entrée sur les tapis Dima du gymnase accompagnées par les « ahin ahin yeah » de Puff Daddy et les bruits d'hélicoptère de la version du clip. On se prenait pour des champions de boxe avec nos lunettes de soleil et nos tenues de sport. Personnellement, je ne possédais pas de lunettes de soleil alors je portais mes lunettes 3D du cinéma. On faisait des roulades synchronisées. Avez-vous déjà vu cinq personnes faire une roulade – avant simultanément côte à côte et ce, dans un parfait alignement ? C'est super impressionnant « ahin ahin yeah ». Puis on a fait une pyramide. Je servais évidemment de fondation à l'édifice qui a tenu trois secondes et demie avant de s'écrouler sur lui-même dans le calme de l'interlude poétique, quand Puff Daddy susurre « *I cry... tears... of sorrow... I die....* ». À la fin, certains élèves compatissants ont demandé si c'était fait exprès. On a eu neuf sur vingt. C'était quand même cool de participer vraiment à la conception de la choré, de donner mon avis et de ne pas rester complètement mutique au milieu du groupe. Je suis super fière de moi. De plus, je remercie les dieux de ne pas être dans le même groupe d'EPS que Mehdi.

Mercredi 15

Même si c'était la honte ce truc d'EPS, je crois que j'ai bien aimé créer un truc avec les filles de ma classe. Dans la bande Prout, elles sont toutes amies depuis le collège et ont développé leur propre langage, ce qui les rend inaccessibles.

Bien qu'elles ne se ressemblent pas physiquement, elles ont un peu l'énergie des sœurs dans *Virgin Suicides* (version pâte à prout). On a l'impression qu'elles sont liées par un dangereux secret, même si, probablement, ce ne sont que des *private jokes* de pet. Tout le lycée les juge mais j'ai l'impression qu'au fond, on les envie tous parce qu'elles s'amusent toute la journée et sont vraiment solidaires les unes des autres. Elles se foutent de leur apparence et ne sont pas du tout attirées par les garçons. Quel soulagement ça doit être. Elles se refilent leurs devoirs, révisent les contrôles entre elles, si bien qu'elles ont toujours les meilleures notes de la classe. D'ailleurs, c'est bien le seul truc chez elles qui rend dingues les garçons.

Elles ont plein de délires bizarres hyper *deep*, comme des carnets qu'elles se font passer ou des vidéos qu'elles tournent avec leurs portables mais sans jamais rien poster en public. Tous leurs comptes Instagram sont en privé et elles n'ont que très peu d'abonnés. Je me demande ce qu'elles postent. Même si elles ne sont invitées à aucune fête, elles sont assez nombreuses pour s'inviter les unes chez les autres à tour de rôle et ne jamais être seules le samedi soir, contrairement à moi. Ça doit être très confortable d'avoir un groupe d'amies. Je les envie. J'envie la bande Prout, voilà, c'est dit.

Vendredi 17

Journée de ouf. J'ai fait mon exposé devant Mehdi. Enfin, devant toute la classe dont Mehdi. J'avais étudié mon corps pendant des heures dans le miroir pour trouver la position la plus flatteuse par rapport à son angle de vue dans la classe. Si je veillais à garder des bras toniques et pas ballants le long de mon corps, on pouvait presque croire que je n'étais pas tankée comme un nageur de combat.

Mon exposé portait sur *La Petite Voleuse* de Claude Miller, puisque je l'avais déclaré être mon film préféré au début de l'année, c'était cohérent avec mon personnage. J'aimerais tellement être une petite brindille comme Charlotte Gainsbourg, elle est si délicate, on dirait qu'elle n'est pas soumise à la gravité, contrairement à moi qui cache le tableau avec mes épaules de sapeur-pompier de Paris. Heureusement je m'étais bien préparée, j'avais synthétisé les avis de plusieurs internautes sur *SensCritique* auxquels j'avais ajouté le mien, en espérant que personne n'aille sur le site et ne retrouve mot pour mot les dires de *KeyserSöze38*. J'avais inclus des phrases qui peuvent être ressorties à beaucoup d'occasions comme « C'est très intéressant » ou « Ça pose la question du corps ». Au début, ma voix tremblait à mort et j'essayais de ne pas croiser le regard de Mehdi, mais j'ai vite senti que tous les élèves étaient compatissants et à l'écoute, terrorisés à l'idée d'être à ma place dans les prochaines semaines. À la fin, Gavroche m'a félicitée et était ravie que le hasard m'ait choisie en premier pour cette série d'exposés car je mets, d'après elle, la barre très haut pour mes camarades. J'en ai eu les larmes aux yeux de joie.

À la fin du cours, alors que tout le monde rangeait ses affaires, comme d'habitude, j'ai fourré ma trousse au ralenti dans mon sac, pour tenter de quitter la salle en même temps que Mehdi. Comme ça, je peux le frôler, sentir son odeur et faire partie de son décor. C'est pathétique, je sais. Mais, aujourd'hui, il a pris son sac à toute vitesse et s'est dirigé vers moi. J'ai complètement paniqué et mon sac s'est renversé à ses pieds. Il y avait principalement des merdouilles en mode brocante, un tampon dont l'emballage était tout fripé, un des fascicules des témoins de Jéhovah que j'aime bien collectionner et des petites serviettes toutes chiffonnées estampillées « La Mie Câline ». Il a voulu m'aider à ramasser mais tous les objets étaient gênants à toucher, alors il s'est ravisé et m'a juste dit : « Bonnes vacances, Louise, c'était super ton exposé. » Puis il a disparu.

J'étais sous le choc. Mes jambes tremblaient sur le chemin du retour. Je ne pouvais pas m'arrêter de sourire bêtement, alors même que Jessica me poursuivait dans la rue. J'ai cru qu'elle allait me frapper ou je sais pas. J'ai dit : « J'ai pas d'argent sur moi OK !?! » Mais elle m'a proposé d'être son binôme pour l'écriture du synopsis ! J'ai accepté. J'étais tellement persuadée que je serais seule pour le faire ! Je dois la voir pendant les vacances de Noël. Elle m'a donné son numéro de portable. Quand elle a vu mon téléphone de dealer, elle a rigolé et m'a dit : « T'es vraiment dans ton délire, toi. »

PS : Je suis contente en fait. Wow, il se passe des trucs de ouf dans mon journal. YEAH !

Jour de Noël

On a fêté le réveillon de la Nowel. Comme tous les ans, c'était maxi-glauque. On n'était que tous les trois avec mes parents et on a mangé la même chose que d'habitude : pour l'apéritif, des blinis avec du saumon fumé et du tsatsiki ainsi que des miniburgers Picard. Comme toujours, pendant tout le repas, ma mère était à notre service. Mon père ne se lève jamais mais il lui reproche tout le temps de ne pas s'asseoir avec nous pendant qu'elle fait des allers-retours pour qu'on ait toujours des blinis bien chauds, bien croustillants. J'ai trop honte quand j'y pense parce que moi non plus, je ne me lève pas. Après on mange du foie gras avec des toasts de pain de mie, du confit d'oignon et quelques pignons de pin dans chaque assiette. En plat principal, on a toujours de la lotte à l'armoricaine que ma mère a achetée quand c'était en promo puis qu'elle a congelée. C'est un pur délice. Pour finir, on se tape une bûche glacée trois chocolats et on s'offre des cadeaux. Enfin, ma mère offre les cadeaux qu'elle a choisis, achetés puis emballés elle-même, même les siens. Quand j'aurai de l'argent, je la couvrirai de cadeaux et de surprises.

Cette année, mes parents m'ont offert *L'Anatomie du scénario* de John Truby et *La Dramaturgie* d'Yves Lavandier parce que je les leur avais demandés et que j'ai vraiment envie de m'améliorer en écriture. J'ai aussi reçu *La femme parfaite est une connasse* en deux exemplaires par la poste, de la part de deux tantes différentes. C'est le genre de livre que tout le monde achète dans la catastrophe des courses de Noël aux caisses de la Fnac. En recevoir un, c'est déjà désagréable car c'est ce qu'on offre quand on ne connaît pas les goûts de ses proches, alors en recevoir deux, c'est une insulte. Je vais immédiatement les revendre chez Book Off pour m'acheter quelques maxi-pains au chocolat à la place. J'ai aussi eu un kit pour faire sa pâte à tartiner soi-même. Je l'ai mis aux encombrants. C'est sa place. Je préfère ne rien faire que de faire ma propre pâte à tartiner.

Dimanche 26

Un Ferrero de plus et j'explose. Je pense à Lucie. Je me demande comment se passe Noël dans sa famille vu la grenade que j'ai balancée dans leur duplex suréquipé la dernière fois que j'y ai mis les pieds. Même si elle m'a bien précisé qu'elle ne me croyait pas et m'a taxée de « grosse mytho en fait », je pense qu'au fond elle sait que c'est vrai et que c'est dur pour elle. Puis j'imagine la pile de cadeaux high-tech et de fringues qu'elle a dû recevoir. Le nombre d'oies qui ont été déplumées pour fabriquer toutes les doudounes que sa famille possède, c'est un génocide animal. Si j'étais une oie bernache, je lancerais un hashtag contre eux.

Cet après-midi, j'ai reçu un SMS de Jessica qui me demandait quand est-ce qu'on se voyait pour travailler sur les synopsis. Mon cœur s'est mis à battre à fond la caisse, je crois qu'en fait, je n'avais pas réalisé qu'on allait VRAIMENT passer du temps ensemble pour bosser. Je la soupçonnais de ne jamais rien préparer pour l'école et je supposais qu'elle attendrait la fin des vacances ou qu'elle ne se souviendrait même pas qu'elle m'avait proposé d'être son binôme. Elle a fixé un rendez-vous pour demain, et j'ai dit OK avec un air détaché cool (par écrit ça donne : « Oki »).

Lundi 27

Au moment où j'allais envoyer un message à Jessica pour avoir son adresse, elle m'a texté pour me demander la mienne ! Pour moi, c'était évident qu'elle ne se déplacerait pas et que je n'aurais pas besoin de lui montrer mon appartement vieillot et encombré près du chemin de fer. J'ai donc dû lui détailler toutes les instructions pénibles pour accéder à mon immeuble, du genre « L'interphone est cassé, je dois venir te chercher au portillon de la résidence », je me sentais couler dans le lac des nuls. À ma grande surprise, elle n'avait pas l'air d'être ennuyée par tous ces détails logistiques.

En l'attendant, j'ai briefé mon père. Je lui ai dit qu'une copine allait venir ici pour bosser avec moi, il m'a tout de suite dit : « Lucie ? » J'ai eu un pincement au cœur, il ne fait même pas semblant de s'intéresser à ce qui se passe dans ma vie, c'est vraiment insupportable. Je lui ai donc demandé de ne pas faire des blagues incompréhensibles devant elle, de ne pas dire des trucs cons ou péter. Oh Lord. J'étais super stressée. Il m'a dit qu'il resterait dans sa chambre pour faire de la harpe laser tranquille. C'était parfait ! Comme ça, on pourrait squatter le salon. Hors de question qu'on aille dans ma chambre, je ne voulais pas qu'elle voie ma housse de couette Tintin et tous mes Pop it de gamine qui traînent partout. JESSICA M'A BIPÉE, j'y vais !! Omagad omagad.

Elle vient de partir. Juste wow WOW WOW.

Alors déjà, en fait, elle est normale. À part sur certaines habitudes qui sont plus celles des gens de quarante piges. Elle fume des clopes par exemple. Quand je suis allée la chercher, elle finissait sa cigarette. Elle portait une doudoune noire, un haut crop top taupe en élasthanne avec un lien à nouer sur son ventre super plat et doré, et un jean brut qui avait l'air d'avoir été créé pour elle tellement il épousait à la perfection les courbes sublimes de son corps. On aurait dit qu'elle sortait d'une publicité pour les fringues qu'elle portait. En plus, elle réussit l'exploit du ventre plat associé à des fesses galbées et des seins de mannequin lingerie. Je pense qu'elle n'a jamais mangé un seul pain au chocolat de sa vie. Aucune frite n'a pu être ingérée par ce corps dénué de cellulite ou de toute autre forme d'irrégularité. Elle me fascine. Même ses cheveux sont galbés. Elle n'a pas d'épi ou de petits frisottis à la con comme ceux qui se dressent sur ma tête et envoient ce message au monde : « LOUISE EST TIMBRÉE. » Jessica a été photoshopée à la naissance.

Je l'ai prévenue que ce n'était pas très feng shui chez moi, elle m'a dit : « Tranquille, je suis pas Stéphane Plaza, t'sais. » J'avais trop peur qu'elle s'allume une clope dans mon salon. Elle ne l'a pas fait, elle n'a même pas fumé de l'après-midi. En fait, elle a un sens commun. Elle sait ce qui se fait et ce qui ne se fait pas. Comme je l'avais un peu diabolisée, je pensais qu'elle allait se comporter comme la Reine du Mal et critiquer tout ce qu'il y a chez moi. Mais, en fait, je le réalise :

il n'y a que moi qui fais ça.

C'était trop bizarre de la voir en chaussettes dans le décor, au milieu des gros meubles en bois massif et des encyclopédies France Loisirs. Ça m'a fait penser à un reportage sur Nabilla que j'avais vu dans « Sept à Huit », où on la voyait rendre visite à sa mère dans l'appartement dans lequel elle avait grandi. Elle est tellement surnaturelle et parfaite que je ne l'avais jamais imaginée buvant un kir dans le gros canapé du salon carrelé de ses parents, entourée de déco GIFI. Pourtant c'est bien ce qu'on voyait.

J'ai proposé à Jessica les maigres alternatives de boissons qu'offrait mon foyer, c'est-à-dire de l'eau ou du jus multivitaminé premier prix. Elle m'a dit : « T'as pas de café han ? » J'ai paniqué et j'ai dit oui bien sûr. Évidemment, je n'avais aucune idée du fonctionnement de la machine. Heureusement, mon père en avait fait et une cafetière à moitié pleine de jus de chaussettes trônait dans la cuisine. La seule fille de mon âge que j'aie vue boire du café, c'est Rory dans *Gilmore Girls*. C'est trop stylé ; je lui ai préparé un mug et j'en ai rempli un autre pour moi. Elle m'a dit : « Ah t'as pas la Dolce Gusto han, mon père buvait que du café filtre comme ça aussi, merci c'est gentil. » J'ai dit : « Il en boit plus parce qu'il est mort ? » J'ai immédiatement regretté cette question complètement débile. Heureusement, elle a rigolé et elle a ajouté qu'elle ne lui parlait simplement plus puis m'a demandé où étaient les toilettes.

Pendant qu'elle y était, je suis allée dans ma chambre au pas de course pour te cacher toi, mon cher journal. Je me suis mise à psychoter à l'idée qu'elle puisse te trouver, t'ouvrir et tomber sur une page où elle verrait son surnom (quasi une page sur quatre). J'essayais d'imaginer comment on pouvait ne plus parler à son père. Si je prenais une telle décision, ce serait galère au quotidien, je ne pourrais plus lui demander s'il a pensé à racheter des Ficello.

J'étais en train de fourrer mon journal sous mon matelas quand j'ai sursauté : « Elle est archi mignonne ta chambre ! » C'était Jessica en chaussettes sur le pas de ma porte. J'ai sauté sur mon lit pour qu'elle ne voie pas ma housse de couette. Elle était en train de me réclamer du Labello quand elle a réalisé que j'avais la tête dans mon coussin Milou, elle m'a demandé si j'étais fatiguée han. J'ai répondu que j'aimais bien crier dans mon oreiller pour me détendre et j'ai étouffé un cri de tarée dans mon coussin puis j'ai agrippé ma housse de couette pour tomber du lit avec et lui cacher le motif capitaine Haddock sur *La Licorne* (son bateau). J'avais oublié qu'il y avait exactement le même motif sur le drap-housse. Elle n'a même pas relevé et a commenté : « Ce que j'aime bien avec toi, c'est que t'as pas peur de qui t'es han, t'es tarée j'adore han. » Après ça, une pensée m'a parasitée tout l'après-midi : tout ce que je lui disais et tout ce qu'elle voyait pouvait d'une manière ou d'une autre être répété à Mehdi. Quand on a commencé à réfléchir à des synopsis pour le projet de cinéma, j'ai tenté de la travailler au corps par transfert d'idées. Je lui ai dit qu'on pourrait imaginer une histoire d'amour, une comédie romantique mais au lycée, comme ça, ce serait facile à tourner. J'ai ajouté que quand j'écrivais j'aimais bien imaginer des personnages à partir de gens que je connais vraiment, comme ça c'est plus facile pour moi d'être cohérente. J'ai tenté : « Tu imaginerais qui comme *love interest* dans la classe de cinéma toi ? » Mon plan machiavélique a fonctionné à merveille puisqu'elle m'a directement cité Mehdi en précisant : « Comme toutes les filles du lycée sont sur lui han. » Mon cœur a tapé contre ma poitrine et elle a ajouté : « Non, je rigole, en plus il est gay, tu savais pas ? » J'ai cru que j'allais faire un arrêt cardiaque quand elle a récidivé avec son « Non je rigole ». J'aurais pu l'étrangler, là, tout de suite. Elle a dit que c'était humble de s'inspirer de vraies personnes pour écrire sur un sujet mais que si j'avais aucune expérience sur ledit sujet, ça ne servait à rien. J'ai acquiescé et elle m'a confié : « Tu sais le plus dur, c'est de se lancer, après les mecs sentent que t'as confiance en toi et alors tout devient incontrôlable. »

En partant, elle m'a demandé ce que je faisais pour le 31. J'ai dit que j'hésitais, que j'avais peut-être un plan à Saint-Maur dans une maison avec piscine intérieure chauffée. Elle m'a dit : « Mais nan ? Je peux venir han ? » Ça m'a coupé la chique, je ne savais pas comment me sortir de ce mytho. Elle m'a dit : « Non, je rigole, moi je vais chez Phil, tu peux passer si tu veux. » Phil, c'est un mec qui fait partie de la bande de Mehdi. Je suis invitée à une soirée du nouvel an avec Mehdi.

Est-ce qu'une opportunité pareille se serait présentée si j'étais restée embourbée dans ma relation avec Lucie et son Smogogo ?

BIEN SÛR QUE NON !!
YEAH !!!

Vendredi 31

C'est mon anniversaire !!

C'est la première fois que Lucie ne me le souhaite pas. C'est comme si elle avait signé la déclaration de guerre. Elle était déjà imprimée mais là, elle est punaisée sur les murs.

On l'a quand même fêté ce midi avec mes parents. Ma mère avait cuisiné un filet mignon. Comme à chaque fois qu'elle en prépare, elle a précisé que c'était le morceau le plus tendre et le plus cher donc qu'il fallait l'apprécier. Après on a mangé le reste de la bûche de Noël et ils m'ont offert mon cadeau avec un air solennel en me disant qu'ils espéraient que cette année serait un nouveau départ pour moi et que j'irais mieux très bientôt. Je m'attendais à un coffret de soins petit format de parapharmacie.

Eh bien, c'était un iPhone !!! Un iPhone 6s reconditionné ! Comme il a appartenu à quelqu'un d'autre, il a été personnalisé avec une gravure sur le dos du téléphone. C'est écrit « Nan mais allô quoi ». Ce soir, je vois Mehdi à la soirée du nouvel an. HIIIIIIIIIIIIIII.

(Enfin, probablement, en fait je ne sais pas mais je suppose.)

JANVIER

Résolutions

Samedi 1er

Premier jour de mes seize ans. Première gueule de bois de ma vie.

Pour cette nouvelle année, j'ai envie de me réinventer, de briller, de prendre confiance en moi et d'avoir un look à la Charlotte Gainsbourg « naturel et farouche ». Et pourquoi pas de me faire dépuceler. Le constat est simple : si je veux avoir une chance d'approcher Mehdi, il faut que je me déniaise au plus vite, il ne voudra jamais sortir avec une gamine dans mon genre. J'ai hâte ! Je ne sais pas de quoi, mais j'ai hâte ! Je vais me recoucher. La soirée était géniale, explosive, je la raconterai demain.

Dimanche 2

J'étais pétrifiée parce que Jessica m'a invitée mais pas son pote Philippe Machado, l'hôte de la soirée. Philippe, il est ni beau ni moche, c'est un PNJ. Ça veut dire « personnage non jouable » dans les jeux vidéo, quand ça bugge, les PNJ se cognent contre les murs. C'est le genre de mecs dont il faut absolument écrire le nom sur le verso de la photo de classe car dans quelques années, on ne s'en souviendra plus.

Quand Jessica m'a proposé cette soirée, je n'ai pas osé lui poser mille cinq cents questions logistiques pour paraître détachée et qu'elle pense que je suis cool. À 21 heures, je me suis pointée devant la maison de Phil. Sa baraque est moche à l'intérieur comme à l'extérieur. Elle est de plain-pied. C'est comme si c'était l'appartement d'un immeuble d'un seul étage. C'est glauque. On dirait une maison qu'on a écrasée comme un cheeseburger. À l'intérieur, les plafonds sont bas avec des poutres oppressantes et les portes en bois massif sont vitrées à mi-hauteur d'un verre martelé et jauni pour laisser passer une lumière terne digne d'un cauchemar. La décoration est vieillotte, comme chez moi, avec des gros canapés en cuir beige, posées sur du carrelage de la même couleur. Horrible.

Quand je suis arrivée dans la soirée, j'avais trop envie de pisser de stress. J'ai apporté une bouteille de vin que j'avais volée dans le cellier chez moi. J'ai sonné et deux mecs que je ne connaissais pas m'ont ouvert. Ils avaient l'air bourré ou de surjouer l'ivresse, je ne sais pas, ils en faisaient des caisses. Ils m'ont dit bienvenue et se sont barrés. La maison avait l'air mi-pleine mi-vide, bizarre. Il y avait quand même une quinzaine de personnes mais ce n'était pas suffisant pour faire un effet effervescent à la *Projet X*. La plupart des pièces étaient désertes. J'ai posé ma bouteille sur une table, personne n'en avait rien à foutre de ce que j'avais apporté, j'étais un peu vexée, j'ai quand même pris un petit risque en la taxant à mes parents. Je n'osais pas trop aller ailleurs que dans le salon où des gens discutaient. Je me suis mise à avoir de la tachycardie à chaque fois que quelqu'un entrait dans la pièce en pensant que ça pourrait être Mehdi.

J'ai repéré une bouteille de Jack et je m'en suis servi un fond que j'ai noyé dans du Coca. J'ai siroté ça doucement pendant une heure. Il y avait eu assez d'allées et venues dans le salon pour que je puisse conclure que ni Jessica ni Mehdi n'étaient dans la baraque. Le whisky-Coca a un goût de lessive et de Coca (normal). Ni bon, ni mauvais, il faut s'y habituer, comme au café ou à clope. Quand je l'ai eu terminé, je me suis resservi la même chose. J'étais de plus en plus à l'aise. Quand Phil est arrivé dans le salon, je lui ai même fait un check, comme si j'étais invitée. Il est sympa, il est portugais et a des petites lunettes rectangulaires qui glissent le long de son nez, l'obligeant à les remonter tout le temps avec son index. Il ressemble un peu à un singe quand il rigole, il hoche la tête avec les yeux plissés et il a un petit cheveu sur la langue. Dans le jeu *Coco Crazy !*, il y a écrit dans les règles que celui qui ressemble le plus à un macaque commence le jeu. Quand je le voyais se fourrer trois ou quatre minizzas à la fois dans la bouche, je me disais que ça devait toujours être lui qui jetait le dé en premier. Il fait partie de la bande de potes de Mehdi : il s'est forcément déjà assis sur le premier indice de la chasse au trésor, c'est obligé. Il a un humour intelligent, un humour du futur qui prend la blague à l'envers de la blague classique pour te surprendre à tous les coups. À un moment, un chien a fait son apparition dans le salon. Je ne l'avais pas vu depuis que j'étais arrivée mais c'était bien le chien de

Phil. Il a couru vers moi et il s'est mis à essayer de monter sur mes genoux, en vain. Il était petit et tout frisé avec des mini-pattes. Je me marrais devant le ridicule de ce clébard quand il a commencé à mettre des coups de hanche sur mon mollet. J'ai hurlé ! Phil lui a ordonné d'arrêter : « Tu arrêtes, Rex ! » et j'ai crié « TU ARRÊTES FOURNIREX » et tous les invités ont rigolé. J'étais trop fière de moi.

Plus tard, quelqu'un a éteint toutes les lumières et allumé une lampe style boîte de nuit qui tourne sur elle-même en diffusant de la lumière bleue, rouge, violette, jaune. J'avais l'impression d'être dans un film pour ados. La musique s'est lancée et tout le monde a commencé à danser, y compris moi. Je me sentais complètement à l'aise, c'est vraiment génial l'alcool. Je me suis resservi un verre. Je dansais n'importe comment avec mes seins qui sautaient, je n'en avais plus rien à faire de mon corps, c'était trop bien. J'aurais voulu que cette sensation ne s'arrête jamais.

Au bout d'un moment, le salon était rempli de gens qui dansaient autour de moi. Tout le monde faisait la fête et Jessica était là ! Elle dansait avec tous les mecs qui se battaient pour l'accompagner. Leur langage corporel trahissait leur désir ardent de la toucher. Elle avait l'air tellement à l'aise avec son corps, en totale maîtrise. En même temps, c'est facile, il est parfait. Je rêve d'avoir même un dixième de son aisance. Au bout d'un moment, j'ai percuté : si autant de gens avaient rejoint la soirée, peut-être que Mehdi était là aussi. J'ai regardé autour de moi et mon cœur a fait un bond. Il était sur la terrasse de la maison. J'apercevais sa silhouette à travers les vitres teintées de jaune de cette horrible bicoque. Il fumait une clope et discutait avec Loïc, un autre mec de sa bande. Ses cheveux étaient toujours aussi souples, il m'avait trop manqué. C'était bizarre de le voir dans un autre contexte que la classe de cinéma. Il portait un pull camionneur en laine vert kaki, il était vraiment magnifique. J'étais en train de chercher une raison d'aller sur la terrasse alors qu'il faisait moins quinze et que j'étais en robe, les bras nus, quand j'ai senti des mains me saisir à la taille pour me faire tournoyer. C'était Philippe.

Il voulait faire de la néosalsa[1] avec moi. Il sentait le parfum pour hommes et la clope. Ça m'a immédiatement rappelé le maître-nageur qui m'a appris à plonger. Il avait une forte odeur de Cologne premier prix et de tabac, comme Philippe, qui m'a collée contre lui. J'ai senti son ventre contre le mien. Ça m'a fait des frissons dans le bas du corps. J'en ai profité pour sniffer à donf son odeur boisée et chaude qui me rassurait. C'était plutôt agréable d'être entourée des bras d'un homme, même si c'était Philippe. Puis il a essayé de m'embrasser et je me suis rappelé que je le trouvais trop moche, mais je n'ai pas pu esquiver un smack sur le coin de ma bouche. J'ai tourné la tête et j'ai vu Mehdi qui rentrait de sa clope et qui me souriait. Purée, j'étais ravie. Dommage que, pour une fois qu'il me portait un intérêt, j'étais dans les bras d'un autre. Il allait s'imaginer que je jouais dans la cour des cheums. Mais waw, il m'a souri et c'était tout

1. Salsa non maîtrisée.

pour moi. C'était le meilleur cadeau d'anniversaire de tous les temps (après l'iPhone 6s) (je rigole bien sûr).

À minuit, on a fait le décompte du nouvel an et j'ai voulu capter le regard de Jessica pour sceller notre complicité naissante, dont j'ai besoin pour accéder à Mehdi, mais elle était en train de rouler une méga pelle à un inconnu. Je lui ai demandé si c'était son copain, plus tard en allant aux toilettes, et elle a éclaté de rire en me disant qu'elle ne connaissait même pas son prénom. À 1 heure du matin, j'étais devenue aussi verte que la Manzana pomme et je me sentais vraiment super mal. J'avais le sentiment d'être dans un *teen movie* quand la pucelle du campus va à sa première soirée dans la maison d'une sororité où tout le monde boit, fume et couche dans les chambres du premier étage. En me dirigeant vers la sortie, j'ai vu Mehdi qui discutait avec une fille super vulgaire, il était très proche d'elle, ça m'a tordu le cœur. J'ai eu immédiatement envie de vomir. J'ai couru dehors et j'ai vomi dans le jardin. J'ai pris mon manteau et je suis rentrée chez moi dans la nuit noire. J'ai revomi chez moi. Je veux gagner des points d'expérience avant de conquérir Mehdi, sinon il me verra toujours comme la plouc du cours de cinéma que les garçons moches embrassent bourrés en soirée.

Lundi 3

C'est la rentrée. J'ai aperçu Lucie dans la cour. Elle a un nouveau manteau Ba&sh et je suis presque certaine qu'elle a de nouveaux écouteurs sans fil alors que les anciens marchaient très bien (je présume mais j'en suis sûre). Je la fixais tellement qu'elle a senti mon regard sur elle et a tourné violemment la tête vers moi comme un faucon qui repère sa proie à plusieurs kilomètres. J'ai immédiatement sorti mon « nouveau » téléphone sur lequel j'ai mis une coque pour cacher la gravure. J'ai dû l'acheter sur LeBonCoin car aucun magasin ne vend plus ce modèle pour mon téléphone périmé... Je voulais qu'elle voie les changements opérés dans ma vie, qu'elle se rende compte que je fonce sans son aide sur l'autoroute de la life. J'espère qu'elle a vu les photos de la soirée sur Instagram, qu'elle m'a bien vue danser comme une femme libre. Oui, je me suis créé un compte Instagram. Je n'ai pas osé ajouter qui que ce soit encore, ni mettre une photo de moi. Quelle photo je pourrais mettre d'ailleurs ? Les seules que j'ai, ce sont des photos de classe ou des argentiques de repas de Noël quand je suis toute bouffie, les joues rouges de bonheur d'avoir énormément mangé. J'ai plutôt opté pour une image du film *Les Nuits de la pleine lune* de Rohmer.

PS : J'ai croisé Philippe. Il m'a saluée vite fait en passant. Je craignais qu'il pense qu'on est en couple mais il s'en fout complètement de moi. C'est rude. (Je m'en fous de lui aussi, mais moi je n'ai pas vraiment d'âme.)

Mardi 4

Première traversée de couloir de l'année, j'ai gardé mes écouteurs et j'ai marché avec rythme et détermination sur de la pop. J'ai dépassé Mehdi puis j'ai fait un retourné de cheveux et il me regardait et je lui ai souri. J'espère de toute mon âme qu'il ne me prend pas pour une cinglée.

Mercredi 5

Cet après-midi, j'ai vu Jessica pour terminer les devoirs du parcours cinéma. C'est moi qui l'ai relancée. J'ai imposé mes règles en lui exprimant fermement l'impossibilité de se voir chez moi. Elle a accepté que je vienne chez elle à contrecœur, je me suis sentie coupable mais j'avais vraiment envie de découvrir son intérieur. Elle habite aux Planètes, le quartier de Maisons-Alfort où toutes les rues ont des noms d'astres. J'imagine qu'il n'y avait plus assez de blazes d'hommes connus pour baptiser les rues de la ville et qu'ils ont préféré choisir des noms d'entités extraterrestres plutôt que de femmes célèbres. C'est le quartier le moins chic de la ville et le plus mal desservi. Je n'y vais donc jamais à part pour aller aux rendez-vous de ventes de cosmétiques à domicile avec ma mère. Ce sont des réunions entre bonnes femmes pour acheter des crèmes, elles sont organisées par Évelyne Camus. On dirait une première dame de France avec son brushing gonflé et ses ongles toujours faits. Elle a un peu la même maison que Philippe Machado, entre tradition et mocheté.

J'ai apporté une bouteille de jus de clémentine chez Jessica parce que ma mère m'a appris à ne jamais aller chez quelqu'un les mains vides, c'est comme une maladie. Je préfère me pointer avec un truc ridicule plutôt que rien du tout. Chez Lucie, je suis déjà venue avec un paquet de dix Knacki parce que c'était la seule denrée alimentaire manufacturée pas déjà entamée chez moi. Un jour, sa mère m'a demandé si je pouvais arrêter de faire ça.

Quand j'ai toqué chez Jessica, la porte s'est entrouverte mais sans personne derrière. Je ne savais pas quoi faire... Au bout de quelques secondes, j'ai poussé un peu la porte et j'ai dit tout doucement « Euh... Jessica ? » Pas de réponse. Alors j'ai posé un pied dans l'appartement, j'ai passé un peu ma tête dans l'entrebâillement et j'ai redit : « Jessica ? » « Oui, bah oui, rentre, c'est ouvert putain ! » m'a-t-elle répondu furibarde depuis le canapé de son salon d'où elle me regardait vautrée sous un plaid. Purée, j'étais au max du malaise, j'ai immédiatement regretté d'avoir insisté pour venir chez elle. Elle avait un chignon haut fait à la zob, un jogging tout mou beige, un crop top assorti et des claquettes en plastique. On aurait dit une candidate de téléréalité, un jour où la prod n'a pas organisé de soirée à thèmes. Elle était quand même super belle, c'était fascinant. Elle n'a même pas relevé ma bouteille de jus que j'ai finir par poser en équilibre sur le rebord de l'évier en inox car le plan de travail était déjà encombré. Elle m'a proposé un café comme une grosse daronne. J'ai dit oui (en vrai, j'aime bien ça maintenant). J'ai cru qu'on allait aller se poser dans sa chambre mais je me suis rendu compte qu'il n'y en avait pas. Chez elle, c'était juste la cuisine et le salon (et des toilettes, ne sois pas con, mon petit journal adoré). Elle vit avec sa mère, c'est sûr, parce que j'ai vu des fringues de maman qui traînaient ainsi que plusieurs numéros du magazine *Dr.-Good !* de Michel Cymes, le médecin de la télé.

On a glandé devant la téloche et on n'a rien fait de l'après-midi. J'étais trop contente. Au moment de partir, elle m'a dit qu'on n'avait qu'à parler de mon « idée de film avec les chiens, là », quand Gavroche nous interrogera vendredi. J'ai répondu que c'était une blague, pas une vraie proposition, elle a haussé les épaules. Sur le chemin du retour, mon cœur a fait un bond quand je suis tombée nez à nez avec Lucie et son Smogogo main dans la main dans la rue des Finances-Publiques. En fait, c'était un vieux daron et sa fille de dix ans, je suis une malade mentale.

Jeudi 6

On a fait un Secret Santa en cours d'allemand. On était censés le faire au mois de décembre mais le prof n'était pas là. J'avais pioché Arthur, un mec qui n'a jamais de stylos qui fonctionnent et qui passe son temps à en demander à tout le monde. Un jour, sa trousse était tombée de sa table au cours de Herr Galine. Toutes ses petites merdouilles de stylos mâchouillés et autres feutres sans capuchons avaient roulé par terre et le prof avait crié « WOW BROCANTE ! ». Je lui ai donc acheté un pack de dix stylos Bic bleus pour qu'il puisse survivre jusqu'à la fin de l'année. Quand il l'a ouvert tout le monde a rigolé et il les a directement fourrés dans sa trousse. Le budget était fixé à cinq euros donc on s'est tous rués chez ACTION pour acheter des objets inutiles, à part Victoire qui a pioché Jérôme et qui lui a offert un déodorant. C'est à la fois le cadeau le plus méchant et le plus utile. J'aurais pu avoir de la peine pour lui, mais franchement, devoir le supporter tous les jours alors qu'il m'a volé ma vie, c'est infernal. Comme c'était le premier cours de l'année 2022, on avait le droit de sortir nos téléphones pour immortaliser le Secret Santa. J'ai filmé Jérôme qui ouvrait son cadeau et je l'ai posté dans ma story Instagram en le taggant. Plusieurs personnes de ma classe m'ont suivie après ça, alors je me suis moi aussi abonnée à leurs comptes.

Mon nom à moi a été tiré par Evan, un PNJ de ma classe qui a un corset médical et un air de démon. Il a une petite copine qui a les canines super pointues et les cheveux sales. Il a dit qu'il avait oublié de m'acheter un cadeau et qu'il m'offrirait ce que je veux au distributeur. Il ne l'a pas fait après le cours donc je suppose qu'il ne le fera jamais. Je me suis sentie trop honteuse quand il a dit qu'il n'y avait pas pensé. C'est évident que je suis moi-même une PNJ. Personne ne se souviendra de mon nom en regardant les photos du lycée plus tard.

Vendredi 7

C'était le grand jour, celui où on devait proposer nos synopsis pour le film qu'on va produire en classe. Mehdi a pris la parole en premier, j'avais trop hâte de savoir quel genre d'histoire pouvait se nicher dans son esprit. Il était en binôme avec Phil et ils ont lu en pouffant de rire ce qu'ils avaient écrit :

Le jour de ses onze ans, Mehdi, un orphelin élevé par un oncle et une tante qui le détestent,

voit son existence bouleversée.
Un géant vient le chercher pour l'emmener...

Là, on était tous suspendus à ses lèvres (surtout moi), ébahis devant une proposition aussi forte.

... à Poudlard, la célèbre école de sorcellerie
où une place l'attend depuis toujours.

Tout le monde a rigolé... J'étais super déçue mais ça m'a permis d'oublier deux secondes que j'étais à deux doigts de me pisser dessus de stress à l'idée de dévoiler mon synopsis devant Mehdi et qu'il trouve ça nul. Finalement, Gavroche a demandé qu'on écrive nos projets sur un bout de papier qu'elle lirait elle-même car elle pressentait l'escalade de gags et voulait que l'après-midi serve quand même à quelque chose. Elle a lu les synopsis les uns après les autres et, malheureusement, son idée de garder l'anonymat des auteurs pour libérer la parole n'a pas permis d'éviter le désastre. Je n'ai retenu que les plus débiles, notamment *Inception 2*, où Leonardo DiCaprio s'immisce dans les rêves de Jérôme pour lui donner l'idée de se doucher plus souvent. Je me souviens aussi d'une espèce de *Squid Game* dans le lycée version cheap où les candidats devaient trouver la seule télécommande qui fonctionne dans l'école. Tout ça pour dire que, quand Gavroche a lu notre papier « Une comédie romantique, mais au lycée, en mode voilà quoi », elle a trouvé que c'était excellent, même si elle s'est moquée en répétant « En mode voilà quoi » avec un accent à la Lucie. D'ailleurs, je me suis rendu compte que c'était effectivement elle qui disait ça, j'ai moi-même absorbé son tic de langage. Jessica a gueulé : « C'est notre idée, ça ! » J'étais maxi-fière et à la fin de l'heure, elle m'a dit qu'on avait bien fait de pas garder l'idée du film des vieux et des chiens puis on s'est checké la main hyper naturellement : à cet instant précis, j'étais le personnage principal du film de mon existence.

Samedi 8

Les livres de scénario m'ont saoulée, c'est illisible. À chaque fois que je tente de m'y remettre, je pense à autre chose. Je suis obsédée par l'idée qu'ils ont été écrits par des gens qui n'ont jamais pondu de bons films. S'ils détenaient la méthode ultime pour écrire un chef-d'œuvre, ils l'auraient déjà appliquée.

Dimanche 9

Je suis super en retard sur les milliards de devoirs que j'avais à faire pendant les vacances. Je me suis reposée la première semaine car je pensais m'y mettre pendant la deuxième mais j'ai eu l'iPhone et j'ai scrollé mes journées. Je me sens mal d'avoir un smartphone. À la fois je suis ravie d'avoir enfin accès aux réseaux sociaux comme tout le monde, aux infos, à YouTube. Je peux même écouter de la musique dans la rue. Et à la fois, je suis déçue de moi-même, c'était mon truc en plus, mon tout petit supplément d'âme, de ne pas être accro à mon téléphone et de ne pas connaître les débilités qui farcissent la tête de tout le monde. En même temps, comment écrire sur le monde si je suis enfermée dans le mien ?

Je me suis abonnée à plein de comptes féministes sur Instagram dont tout un tas de filles qui parlent de la mouvance *body positive.* Elles montrent ce qu'elles mangent à longueur de journée pour prouver qu'elles ne se privent pas mais elles se nourrissent exclusivement d'aliments super sains que je n'ai pas chez moi. J'ai l'impression qu'elles viennent d'une autre planète. Elles avalent des protéines vegan en poudre, du beurre de cacahuètes et des graines germées à tous les repas. Ma mère n'achète jamais ça, elle ne sait même pas ce que c'est et elle s'en fout (la chance). Elles postent des photos de leurs fesses galbées sans cellulite, mais avec des vergetures pour montrer que tous les corps sont beaux. Si j'avais des fesses comme ça, moi aussi je les montrerais sur Internet. Malheureusement, mon cul est criblé de cavités parce que je n'ai pas d'abonnement à la salle de sport donc je ne peux pas faire des squats avec des haltères comme elles le font toute la journée.

Je crois que je fais une overdose de leurs photos en maillot qui mettent en valeur leurs fesses lisses et musclées, je sais mieux à quoi ressemble leur corps que le mien. Je vois leur ventre plat tous les jours avec une belle lumière, un hâle et une pose avantageuse. Mon corps à moi, je l'aperçois seulement avant la douche dans le miroir dégueu de ma salle de bains qui m'offre une vue en légère plongée sur le bourrelet du bas de mon ventre qui est orné des grosses traces longilignes rouges à cause du combo : « jean trop serré sur peau laiteuse qui ne voit jamais le soleil ». Ça me déprime atrocement, j'ai l'impression d'être un monstre à côté d'elles. Je ne possède aucune photo de moi aussi flatteuses alors qu'elles en postent des milliers tous les jours. C'est bien la preuve qu'elles sont mieux que moi. Si elles étaient de véritables cageots, elles ne pourraient pas accumuler autant de belles photos d'elles. Je vais aller me chercher une crêpe Whaou ! choco-noisette pour la peine.

Lundi 10

Cet après-midi, j'ai surpris une des meufs de la bande Prout qui parlait de moi aux autres en me surnommant « Peau de poulet », pensant que je n'entendrais pas. D'un coup, ça m'a chauffé les tempes, de la fumée sortait de mes oreilles (je rigole, c'est physiquement impossible), et je lui ai dit : « Ferme bien ta gueule Judith, ne m'appelle plus jamais comme ça, espèce de basique nénette, fan d'Angèle là. » C'était super. Elle a baissé les yeux et s'est excusée. Mollement certes, mais quand même. J'espère qu'elle va se faire allumer pendant la Journée contre le harcèlement à la fin de l'année cette cruche.

Je me suis souvenue qu'en primaire, mon père m'avait dit que si quelqu'un m'embêtait, je n'avais qu'à lui balancer « Tupudubec ». Quelques jours après, un môme m'avait saoulée dans la cour de récré, je lui ai donc sorti mon arme secrète, et du tac au tac, il m'a répondu : « Toi, tu pues du trou du cul ». Ultra-violent et précis. Ça m'avait tuée sur place.

PS : En vrai, moi aussi, j'aime bien Angèle. Enfin, ça dépend, parfois je trouve que c'est vraiment pour les gamines et à d'autres moments, je vendrais mes parents pour lui ressembler.

Mardi 11

Une fois, quand j'avais huit ans, on s'est fait alpaguer par un mec devant France Loisirs. En fait, c'était un vendeur qui nous a entraînés dans une espèce de petit box avec un bureau entouré de cloisons mobiles et il me posait des questions de culture générale super basiques, genre « Quel est le drapeau de la France parmi ces trois drapeaux ? » et je savais (évidemment) répondre à tous les quiz. Je me sentais trop intelligente et ma mère était hyper fière de moi. À la fin, il a proposé de nous vendre une encyclopédie en cinquante volumes pour que je reste aussi cultivée, voire plus. Qui pourrait refuser ? Quand on est rentrées, mon père a dit qu'on s'était fait rouler dans la farine et qu'il fallait la rendre.

Jeudi 13

J'ai encore passé ma journée sans adresser un mot à qui que ce soit. Les cours sont tellement magistraux qu'il suffit de noter et de rentrer chez soi. Les profs pourraient les envoyer par mail en début d'année sans qu'on vienne jamais au lycée, le résultat serait le même. J'aimerais bien avoir un nouveau manteau stylé. J'ai regardé deux secondes ce qui se faisait comme parkas sur mon téléphone et depuis je vois défiler toutes les parkas du monde dans mes publicités Instagram. J'ai l'impression de vivre exclusivement pour l'achat d'un manteau.

OMG. Jessica vient de m'écrire pour me proposer
une soirée demain.

J'ai dit à mes parents que j'allais dormir chez une nouvelle copine et ils étaient trop contents pour moi. Comme ils sont vieux et terrifiés à l'idée d'être ringards, coincés, et dans l'incompréhension totale de ma génération, ils ont tendance à être un peu laxistes dès que ça ne concerne pas la technologie et les réseaux sociaux. Parfois, j'aimerais qu'ils me demandent si j'ai bien fait mes devoirs, qu'ils écrivent une rédaction à ma place ou qu'ils m'empêchent de sortir. Au final, ils ont même cédé sur leur refus du smartphone, non mais allô quoi !

Vendredi 14

Je suis la Louise la plus heureuse de la Terre. Je prends sur moi pour raconter les choses dans l'ordre alors que j'ai envie d'aller droit au but !

Bref, le cours de cinéma, c'est le dernier de la semaine, donc à la fin de la journée Jessica a voulu qu'on reste ensemble jusqu'à la soirée. J'ai demandé chez qui était la fête et elle m'a dit : « Bah chez Mehdi ! » J'ai cru que j'allais vomir mon Capri-Sun. Elle m'a proposé de glander un peu chez elle avant d'y aller. Cette fois, sa mère était là.

Elle s'appelle Karine et elle nous a servi l'apéro. J'avais l'impression d'être sur une autre planète. Je pensais qu'il n'y avait que dans la Beauce que les parents étaient d'accord pour que leurs adolescents boivent avec eux. J'ai accepté un Ricard que j'ai complètement noyé pour faire passer le goût. Sa mère fume clope sur clope et je pense que c'est pour ça qu'elle est grise. Je me sentais trop mal de n'avoir rien apporté chez elles, surtout parce que je crevais la dalle. Tonnerre de Zeus, j'ai dû boire un jus d'anis immonde à jeun, ça m'a tapé sur le caillou direct. Au bout d'une heure, Karine est partie pour rejoindre ses copines. Jessica m'a proposé une bière. Comme j'étais déjà un peu saoule, j'ai accepté et je lui ai demandé si Mehdi sortait avec la fille super vulgaire de la soirée du nouvel an. Elle m'a répondu qu'il n'avait pas de meuf attitrée, ça m'a semblé bizarre comme réponse alors j'ai demandé : « C'est-à-dire, Jessica ? » Elle m'a dit : « Eh bien Louise, il couche avec des filles quand l'occasion se présente sans pour autant s'engager dans la relation. » J'étais à la fois choquée et rassurée, trop bizarre. Après on s'est mises sur l'ordinateur portable de sa mère (un ThinkPad Lenovo d'entreprise) et Jessica m'a proposé de faire le test de pureté. C'est un site sur lequel il faut répondre à des dizaines de questions horribles du style « Est-ce que tu t'es déjà pissé dessus quand tu étais ivre ? » pour connaître sa note de pureté.

Mon résultat était « Vous êtes PURE » car la plupart de mes réponses étaient négatives. Heureusement, les siennes aussi, même si, contrairement à moi, : elle n'est plus vierge et elle a déjà vomi sur quelqu'un parce qu'elle avait trop bu ! Son résultat était donc « PLUTÔT PURE ». Au moment où je lui ai avoué que j'étais toujours pucelle, elle m'a répondu qu'elle « s'en doutait lol ». Elle a dit « lol » à voix haute, c'était vraiment vexant. Je lui ai dit que son fond de teint était trop foncé. Elle a rigolé et m'a dit : « Je sais mais j'aime bien avoir bonne mine. » Si on m'avait envoyé un missile de vérité comme ça, je me serais mise à chialer. Je suis carrément une connasse parfois. Je la trouve sympa et mature. Je regrette de l'avoir jugée et d'avoir inventé ce surnom débile... J'espère qu'elle ne l'apprendra jamais.

On s'est mises en chemin pour la soirée et c'était comme un rêve. Le trajet m'a paru super long et super court, je flottais, je n'arrivais plus à m'arrêter de poser des questions à Jessica, sur tout ce qui me fascinait chez elle. Voici un florilège des informations glanées :

— Elle n'est plus vierge depuis ses treize ans et elle a déjà couché avec un mec de vingt-cinq ans avec qui elle est d'ailleurs sortie et qui lui a brisé le cœur.

— Elle n'a jamais couché avec Mehdi.

— Son père s'est barré quand elle était petite, elle ne veut plus lui parler depuis.

C'est un personnage d'Euphoria quoi. Elle m'a avoué qu'elle avait trop honte que je voie son appartement la première fois que je suis venue chez elle. Je lui ai confié que j'aimerais coucher avec un mec juste pour que ce soit fait et que l'appréhension quitte enfin ma tête. J'ai omis de préciser que c'était surtout pour être prête pour Mehdi et qu'il ne me considère pas comme un gros bébé. On est arrivées sur les bords de Marne vers 22 h 30 et mon cœur battait à fond quand j'ai aperçu la péniche de Mehdi.

Son habitation fait incontestablement partie de son charme. C'est la preuve qu'il est hors du commun (même si à l'intérieur c'est exactement comme dans un appartement normal sauf que ça tangue à fond). Il y avait toute sa bande de potes, Philippe, Loïc et Mikaël. Avec Mehdi, ce sont les Quatre Fantastiques (mais sans pouvoirs particuliers). C'était une « soirée posée », pas une vraie fête. Le principe est simplement de discuter en mangeant des chips. Ils buvaient tous des Despe comme des cow-boys, en plissant les yeux à chaque gorgée. Je les trouvais ridicules mais j'ai fait comme eux. J'ai remarqué que Jessica ne buvait et ne mangeait rien, elle est capable de résister à toutes les tentations, en fait c'est pour ça que les filles minces le sont, elles n'ont pas mon tempérament d'ogresse. Clairement, à la place de la sorcière, j'aurais voulu manger Hansel ET Gretel. Alors que je louchais sur le bol de bretzels, Mehdi est arrivé dans le salon et m'a dit : « Salut Louise ! Je te fais visiter ? » J'étais ébaubie. Je l'ai suivi, ravie, je planais à cent mille. Il a un côté Pierre Niney que j'adore, il pourrait être acteur ou danseur, il est tellement à l'aise avec ses longs membres et son corps mince. Je crois que les bruns aux yeux noisettes pourraient tout me demander. Il me racontait des anecdotes sur chaque pièce de son bateau, il était tellement drôle que j'ai oublié tout ce qu'il a dit. Je riais comme une enfant aux blagues de son père et on est arrivés devant sa chambre. J'étais trop excitée mais il a ouvert vite fait en disant qu'il ne voulait pas que je voie son bordel. J'ai mis mon pied dans la porte en disant : « Je t'en supplie, laisse-moi voir ton bordel ! » Il a souri, il était magnifique. Il s'est pris au jeu et m'a montré tout ce qui faisait un peu pitié dans sa piaule. J'envie les gens tellement en phase avec eux-mêmes qu'ils sont capables de transformer tous leurs défauts en atouts, persuadés que ce sera assez charmant pour couvrir la honte.

Il m'a raconté que sa mère avait embauché un architecte d'intérieur pour faire la déco des chambres quand il avait dix ans et qu'il avait fait l'erreur de prétendre qu'il aimait bien le street art. C'est comme ça qu'il s'est retrouvé avec un graffiti géant trop cheum de son prénom sur le mur en face de son bureau et un faux mur en briques rouges style Brooklyn. Pour le coup, on aurait dit la chambre d'un ado dans une série TF1. Il s'est allongé sur son lit et il me regardait pendant que je faisais des commentaires. En soulevant une pile de tee-shirts, j'ai trouvé une boîte à goûter Dracaufeu et Pikachu, pleine de cartes Pokémon et Yu-Gi-Oh ! ainsi qu'un Pop it (le jouet en plastique qui ressemble à du papier bulle). Il a tenté de se justifier en me disant : « Oui, bah ça me détend Louise ! » Puis j'ai remarqué que, comme moi, il avait tous les livres Disney édités par France Loisirs. Je lui ai demandé si ses parents s'étaient fait arnaquer eux aussi. Il a rigolé et m'a dit qu'effectivement, à plusieurs reprises, ils avaient été « obligés » de choisir des livres dans le catalogue parce qu'ils étaient contraints d'en acheter pour rester membres. Il me fixait depuis son lit, il y a eu quelques secondes de silence. Je pense que j'ai rougi, il était vraiment méga beau. J'ai paniqué et j'ai dit : « On rejoint les autres ? » Il m'a suivie sans broncher.

Quand je l'écris, j'ai l'impression de l'inventer tellement je n'y crois pas. Après, c'était moins bien parce qu'on s'est posés dans les canapés de son salon et Jessica est venue s'installer dans ses bras. C'était trop bizarre. On aurait dit des adultes : ils n'avaient pas un rapport au corps conflictuel, ils étaient tout à fait à l'aise avec l'idée de passer la soirée amicalement blottis l'un contre l'autre. Aucun garçon ne m'a jamais prise dans ses bras, à part au nouvel an vite fait. D'ailleurs, Philippe m'a parlé comme si on avait un lourd passé commun ensemble. Le contexte soirée l'a refait passer en mode séduction. J'étais blasée. S'il me drague ouvertement, ça veut dire que Mehdi ne parle jamais de moi comme une fille à conquérir, ça me rend triste.

Comme j'avais dit à mes parents que je dormais chez une copine, j'étais un peu bloquée là. Mehdi a proposé de regarder un film, ce qui a fermé le champ des possibles interactions entre lui et moi vu qu'il était posé sur un canapé à l'autre bout du salon. On s'est tous endormis.

Je me suis réveillée aux aurores. J'ai pris mon manteau et je suis partie sans bruit alors que tout le monde dormait encore.

Samedi 15

Mehdi m'a suivie sur Instagram ! Je l'aime encore plus depuis qu'on se parle. Je le trouve mature. J'ai l'impression qu'il est au courant des choses de la vie. C'est un homme qui connaît les femmes. Alors que moi-même, je ne connais pas les femmes. J'ai honte de moi, je fais peine. Je l'aime trop. Je fais peine. Aaah !

Dimanche 16

Depuis que je suis allée chez Jessica, je me rends compte que j'ai trop de chance d'avoir ma propre chambre. Je trouvais que Lucie était une bourgeoise inconséquente qui n'avait pas conscience de ses privilèges mais je suis exactement pareille.

Mardi 18

J'étais super stressée à l'idée de traverser le couloir aujourd'hui car, désormais, on se connaît. Je me demandais si je devais lui claquer la bise ou faire un check ou rien. Finalement, il m'a souri. Sur le moment, j'étais super contente puis après je me suis dit que c'était peut-être un sourire de pitié ?

Mercredi 19

Un mec m'a suivie pendant dix minutes sur le chemin de la maison. J'étais en panique. Il s'est arrêté quand je suis entrée dans ma résidence. J'avais trop peur qu'il mette un pied dans la porte et qu'il me suive jusqu'à l'intérieur de mon immeuble. Trop envie d'une formule de la Brioche Dorée. La tarte banane-chocolat, elle tabasse. Je vais demander à ma mère si on peut manger à Créteil Soleil ce midi.

Elle n'a pas voulu, elle a dit qu'il restait du gratin.
Flemme.
Je vais demander à Jessica ce qu'elle fait.

Jeudi 20

Finalement, hier, j'ai rejoint Jessica au Centre 16, c'est une salle de sport de Maisons-Alfort qui existait déjà avant que ce soit une injonction d'y aller trois fois par semaine et qu'il y en ait des dizaines dans chaque ville de France. Elle m'a dit qu'elle avait un accès à la piscine et au jacuzzi de la salle car un des coachs aimait bien la mater en maillot de bain en échange. J'étais super gênée par l'idée au début puis je me suis dit que je n'avais jamais testé le spa et que je me faisais vraiment trop trop chier toute seule chez moi.

À mon arrivée, j'ai directement reconnu le coach en question, c'était le père de Cassandra qui faisait du solfège avec moi quand j'étais petite. J'ai dit : « Bonjour Sylvain ! Elle est bonne... l'eau ? » Il a baissé les yeux et on ne l'a plus revu de l'après-midi. Je n'ai pas regretté, il n'y avait personne d'autre que nous deux dans le jacuzzi, on y est restées pendant des heures. J'ai redit à Jessica que je voulais coucher avec un mec, n'importe lequel, juste pour que ce soit fait. Elle a très bien compris mon angoisse et ne m'a pas du tout jugée alors que si une copine était venue me dire ça, je l'aurais probablement traitée de pute. Enfin non, mais je l'aurais pensé direct quoi. D'ailleurs, j'ai décidé d'arrêter d'avoir des a priori immondes sur les gens, parce que je me suis rendu compte qu'en faisant ça, je finissais par penser que tout le monde me jugeait aussi fort que je juge les autres. C'est probablement la raison pour laquelle je suis encore vierge et sans amie.

Elle m'a dit que sa première fois, c'était avec un mec plus vieux, un animateur de camping. J'ai trouvé ça choquant qu'un mec de 20 ans couche avec une cliente de 13 ans. Elle non, elle s'en foutait parce qu'elle s'en souvenait à peine. Elle m'impressionne grave. On a fait une sorte de benchmark très sérieux des différentes possibilités qui s'offraient à moi.

<u>Option 1 : Philippe</u>
Avantage(s) : Il me kiffe déjà un peu, vite fait. Il a une grande maison.
Problème(s) : Il ne me plaît pas du tout. Il connaît Mehdi.

<u>Option 2 : M. Pain</u>
Avantage(s) : Il aime ma plastifieuse.
Problème(s) : Il a quarante-huit ans et peu de bonhomie.

<u>Option 3 : Timothée Chalamet</u>
Avantage(s) : Il ne connaît pas Mehdi.
Problème(s) : Il ne me connaît pas non plus.

Option 4 : Jérôme
Je rigole bien sûr.

Option 5 : Amarou
Avantage(s) : C'est le plus beau mec du lycée. Il est métis avec des yeux verts et des muscles. Beau et musclé, c'est le héros du film mental que toutes les filles se font.

Problème(s) : Inaccessible. Les mecs comme lui ne sont jamais dans les classes d'allemand LV1, options latin, grec ancien, classe européenne. Il est trop vivant pour apprendre des langues mortes.

PS : J'ai quand même envoyé un DM à Timothée Chalamet, on ne sait jamais.

Dimanche 23

Quand j'étais petite, je pensais que quand on était bourré, c'était pour la vie et que c'est comme ça qu'on devenait clochard. J'ai l'impression qu'on m'a préservée de tout, enfant, et qu'on ne m'a jamais rien expliqué sur la marche du monde. À part dire du mal des voisins et des membres de notre famille, mes parents ne m'ont fourni aucune arme, juste la peur et la médisance. Si bien qu'aujourd'hui, je suis une espèce de monstre débile et inculte qui juge tout ce qui bouge autour de lui. J'aimerais bien changer mais ces pensées négatives me parasitent et prennent toute la place. En plus, j'ai le sentiment que mon humour n'est basé que sur ça. Je me sens comme une merde. Le dimanche est toujours aussi déprimant.

Vendredi 28

J'ai attendu le cours de cinéma toute la journée, celui de la semaine dernière a sauté parce que Gavroche était absente, la haine. Quand je suis arrivée devant la salle, il y avait Mehdi, Philippe, Loïc, Jessica et Mikael. Ils m'ont tous fait la bise. Je suis trop heureuse de ce qui se passe en ce moment. Ils ont évoqué les prochaines soirées en sous-entendant que je serais invitée.

FÉVRIER

Résurrection

Jeudi 10

Je n'ai pas écrit ici depuis une éternité, mon petit journal adoré. *Sorry*, je vis à cent à l'heure !! Je viens de réaliser que l'année prochaine, à la même période, on devra tous faire nos choix d'études. C'est terrifiant parce que je n'ai aucune idée de ce que je veux faire. Je veux simplement rester avec mes nouveaux copains. Je ne m'imagine pas du tout prendre les transports en commun pour aller dans une école dans laquelle je ne connaîtrais personne. J'ai peur de tout rater et de faire le choix qui fera dérailler le train de mon existence pour tomber dans la vallée de la lose. En plus, je sais d'avance que mes parents ne pourront pas me payer une école.

PS : Quand nos emplois du temps le permettent, je vais à la cantine avec Mehdi (et les autres). Je jubile avec mon plateau quand je marche à côté d'eux à travers les tables.

Vendredi 11

Je suis arrivée en avance devant la salle du cours d'allemand. Comme elle était ouverte et vide, je suis allée m'installer à ma place. Je m'ennuyais parce que je n'avais plus de batterie sur mon téléphone, alors j'ai eu une idée. J'ai dessiné une bite derrière le rabat du tableau, afin que la verge apparaisse de nulle part comme une révélation divine quand le prof le déplierait. Jérôme est entré alors j'ai ouvert mon cahier de manière ostentatoire pour faire semblant de réviser les verbes irréguliers du jour et l'ignorer. Les autres sont arrivés, et comme Herr Galine n'était toujours pas là, on s'est tous mis d'accord pour faire des bruitages pendant le cours du genre « mmmmmmmmm ». On faisait ça en gardant nos bouches fermées, pour qu'il ne sache pas d'où provenait le son et on ne s'arrêtait que lorsqu'il approchait. C'était déjà drôle, mais quand il a fini par rabattre le tableau et que l'énorme bite est apparue, c'était l'apothéose. On a tous hurlé de rire. Meilleure heure de cours d'allemand de ma vie. *Wunderbar.*

Lundi 14

Herr Galine m'a chopée au détour d'un couloir pour me dire qu'il savait que j'étais responsable du dessin derrière le tableau, qu'il était déçu, que ça ne me ressemblait pas et que j'avais intérêt à me tenir à carreau pour le reste de l'année. Je suis sûre que c'est Jérôme qui m'a dénoncée parce qu'il est arrivé juste après, il m'a vue, c'est clair ! Ce mec me fout la haine.

Mardi 15

J'ai vu un Tik Tok d'une meuf qui filme l'arrivée d'une fille de sa classe tous les matins pour montrer ses différentes tenues. J'ai décidé de faire la même chose avec Jérôme.

Mercredi 16

On est allés au cinéma tous ensemble avec les autres. La dynamique de groupe m'assure de fréquenter Mehdi régulièrement mais m'empêche aussi de le voir en tête à tête. Cela dit, être seule avec lui me terrifie. J'aurais bien voulu m'asseoir à côté de lui au ciné, comme ça j'aurais pu m'imaginer qu'on n'était que tous les deux pendant le film et même y rêver en m'endormant. À la place, j'ai pensé à Lucie et à Smogogo pendant la pub Maif.

Après on est entrés dans le centre commercial Créteil Soleil, c'était la première fois que j'y faisais un tour sans ma mère. J'avais l'impression de tout redécouvrir. On a tous fait semblant de faire du shopping en regardant les fringues chez H&M alors que personne n'avait d'argent sur lui. Enfin, en tout cas pas moi quoi. C'était trop bien. Philippe a volé un porte-clés trop moche et il me l'a donné. J'ai dit merci car c'était offert de bon cœur. Je ne sais pas ce qu'il espère franchement.

Jeudi 17

J'ai posté le TikTok des différentes arrivées en cours de Jérôme, ça rend trop bien parce qu'il a vraiment la même trajectoire chaque matin quand il entre dans la classe, seules ses tenues changent selon les jours et elles sont toutes plus cheums les unes que les autres.

Dimanche 20

C'est les vacances ! J'ai passé ma journée à dormir. Je flippe que Mehdi et les autres fassent des sorties sans moi. Mon angoisse ultime, c'est de les croiser à Créteil Soleil alors que je suis avec ma mère.

Lundi 21

Bon bah je ne risque pas de croiser Mehdi au centre commercial puisqu'il est parti au ski pour dix jours. Je suis dégoûtée. Je m'en suis rendu compte sur Instagram. Je suis déçue qu'il ne me l'ait pas dit en vrai. J'ai l'impression que ça va creuser un fossé entre nous alors que je venais tout juste de réussir à l'approcher. Moi, je n'ai jamais vu une montagne de près de toute ma vie. J'ai même du mal à imaginer à quoi ressemble une station de ski. Mon père déteste les sports d'hiver ainsi que le soleil donc on ne part jamais en vacances sauf pour aller visiter de la famille dans la Beauce. Ce qui est l'antithèse des vacances et de la découverte.

Mardi 22

Ma mère m'a dit que ce n'était pas l'hôtel à la maison et que j'étais en âge de participer un peu plus aux tâches ménagères, qu'elle n'était pas mon *boy*. J'entends bien mais j'ai la flemme. Tout me semble insurmontable et chiant. Ils n'ont qu'à prendre une femme de ménage, les parents de Lucie en ont une.

Pour apaiser les esprits, j'ai eu l'idée de faire un gâteau au chocolat mais on m'a engueulée parce que je n'ai pas lavé la vaisselle et que j'ai foutu du chocolat partout. La prochaine fois, je sortirai m'acheter une pâtisserie pour moi toute seule, ce sera plus simple.

Mercredi 23

J'ai cherché un truc à poster sur Instagram toute la journée pour que Mehdi interagisse avec moi. Je n'ai pas trouvé parce que ma vie est tout à fait monotone et sans intérêt.

Vendredi 25

J'ai cherché une photo de moi enfant qui n'avait pas l'air de sortir d'un épisode de « Faites entrer l'accusé ». J'en ai trouvé une où on ne voyait aucun meuble moche ni tapisserie du siècle dernier, juste un petit moi avec des couettes blondes et des grands yeux bleus qui menacent de sortir de leurs orbites (je rigole) (mais j'ai des gros yeux quand même, faut se le dire). Je l'ai postée et je me suis immédiatement sentie hyper mal. Je ne savais plus trop pourquoi j'avais fait ça en voyant la liste des gens qui ont liké la photo... dont une ou deux personnes que je ne connaissais même pas. Et puis les premiers commentaires sont arrivés ! J'étais refaite, j'avais l'impression d'être le centre d'intérêt de tout mon entourage et qu'ils me trouvaient tous trop mignonne quand j'étais petite. Seule ombre au tableau, j'ai passé ma journée à déverrouiller mon téléphone pour voir si Mehdi avait lui aussi liké ma photo et je n'ai rien compris au film que j'ai regardé.

Bilan fin de journée : il n'a pas liké ma photo. J'ai la haine.

Samedi 26

Jeanne de la bande Prout a liké ma photo, mais toujours pas Mehdi, je suis à bout de nerfs. Pour couronner cette pure journée nulle, Lucie a posté une photo de Jérôme qui mange une Bacon Groovy sans set de table sur sa table design, chose qui m'a toujours été formellement interdite ! Ça m'angoisse. Pas pour la table hein, je m'en tape. Mais elle a mis le hashtag #BaconGroovy sous la photo. J'ai eu le sentiment que ça m'était destiné, que c'était purement et simplement une déclaration de guerre.

Ascenseur émotionnel. J'ai reçu un message privé vers 22 heures, mon cerveau débilien a tout de suite pensé que ça pourrait être Mehdi qui me déclarait son amour sur un coup de tête mais c'était Jessica qui m'envoyait un lien vers un TikTok. J'étais si furax que je ne l'ai pas ouvert.

Finalement je l'ai ouvert, c'était une vidéo d'un chat qui se couche en boule sur un chien qui dort lui-même en boule. Je me demande combien de serveurs sur Terre sont remplis de ce genre de contenus de merde. ?

Dimanche 27

Je suis allée au marché avec ma mère, un vendeur de légumes a dit « approchez, approchez, je ne mords pas » puis en me fixant il a ajouté « enfin, ça dépend, parfois j'aimerais bien ».

C'est dingue l'algorithme de TikTok, j'ai fait deux cent mille vues ce mois-ci !

Lundi 28

Oh my Lord. Mehdi a liké ma photo !

Il a même commenté « *cute* ».

YIHHHHHHHOUUUUU ! HIHIHIH.

Bon.

Hahah.

Je suis RAVIE RAVIE RAVIE !!

MARS

Liposuccion (j'dec)

Mardi 1er

Dans la partie Discover d'Instagram, je suis tombée sur la photo d'une super belle brune toute fine avec des jambes immenses qui portait un manteau exactement dans le style de celui que je cherchais depuis des mois. J'ai cliqué dessus, et un nom m'a sauté aux yeux dans les commentaires, celui de Mehdi !

Il commentait : "Trop *cute*" !

Purée, j'étais dég !

C'est un robot ou quoi ?

Il le dit à toutes les meufs de la Terre ?

J'ai trop cru que j'avais le début d'un ticket avec lui. Je le hais.

C'est qui cette Linda ?

Je crois qu'il faut que j'aille dehors, j'ai envie d'éclater mon téléphone contre un mur.

Jeudi 3

J'ai retrouvé vingt euros dans un vieux porte-monnaie alors j'ai proposé à Jessica de faire la tournée des grands-ducs,

H&M-Zara-New Look. J'avais trop envie de lui demander si elle savait qui était cette Linda ! Elle m'a répondu dans la seconde qu'elle m'attendrait au métro Maisons-Alfort-Les Juilliottes dans vingt minutes. Je pense qu'elle se faisait chier à mort elle aussi.

J'attendais à l'entrée de la bouche de métro, quand j'ai entendu quelqu'un qui m'appelait avec insistance par des petits bruits de bouche, comme on attire l'attention d'un chat. C'était un mec dans sa voiture. Comme d'habitude quand ça m'arrive, j'ai baissé les yeux et j'ai sorti mon portable pour scroller en faisant mine de ne pas entendre. Dans ces cas-là, il ne faut surtout pas regarder sinon c'est le début d'une petite négociation à base de « Non mais j'ai un copain haha oui voilà haha héhé bonne journée ! ». Mais là, la voiture s'est approchée et la tête du type en est sortie pour m'ordonner : « Allez ! Monte, Louise ! ». Mon cœur battait à fond, j'étais bloquée, sous le choc devant cet énorme taré qui connaissait mon prénom, puis la tête de Jessica est apparue, côté passager. Elle a tout de suite compris ma détresse et m'a rassurée : « Non mais Louise, c'est mon frère ! Il nous emmène ! » Je suis complètement parano parfois...

Je suis montée à l'arrière de la voiture qui était encore plus minable que celle de mes parents. Quand j'ai claqué la portière, ça a sonné creux, j'ai cru qu'elle allait se décrocher et se fracasser par terre. Jessica m'a présenté son frère. Il s'appelle Marlon. Il a vingt-quatre ans et travaille dans je ne sais pas quoi mais il vit dans un petit studio qui est à l'arrière d'une maison à Maisons-Alfort donc il a un bout de jardin où il organise parfois des apéros. J'ai googlé son prénom pendant le trajet tout en essayant de caler mes pieds entre les déchets de Macdo et canettes vides qui traînaient partout. Je lui ai dit que « Marlon » voulait dire « petit faucon » d'après les sites de prénoms les mieux référencés. Il a rigolé puis nous a larguées devant une entrée du centre commercial, au niveau 3, là où il n'y a que des restaurants genre El Rancho et Pizza Del Arte.

On s'est posées pour manger un sundae sauce choco. Quand j'ai demandé à Jessica pourquoi elle ne m'avait jamais parlé de son frère, elle m'a répondu que j'ignorais beaucoup de choses sur elle. Je me suis sentie obligée de lui poser des questions. Je lui ai demandé quelles études elle voulait faire après le bac. Elle voudrait travailler directement après le lycée pour pouvoir se barrer de chez sa mère le plus vite possible et reprendre les études après. Je n'ai rien dit mais j'ai pensé que c'était un peu une cassos au fond. Devant mon haussement de sourcils hautain, elle a ajouté : « J'dec, j'irai sûrement à la fac, mais je sais pas en quoi, peut-être en droit. » Il faut vraiment que j'arrête de juger tout le monde, je me suis sentie super conne d'avoir eu ce geste de dédain. Elle a changé de sujet et a proposé d'aller chez Claire's pour essayer des rajouts de cheveux trop moches. J'ai tout de suite accepté et j'ai dépensé le reste de mes vingt euros pour lui offrir toutes les couleurs d'extensions de cheveux synthétiques qui existent.

PS : Je ne l'ai pas questionnée sur cette Linda alors j'ai passé la fin de la journée à regarder ses photos Insta compulsivement à la recherche de réponses.

Vendredi 4

Quand je pense que Lucie n'est probablement plus vierge, je suis terrorisée à l'idée de finir par être la seule pucelle de mon âge. C'est comme si tout un pan du monde m'était inconnu. Je suis une enfant d'un mètre dix-huit devant Space Mountain, je rate le fun pour deux centimètres. Bien sûr, je dis ça alors que je ne suis jamais allée à Disneyland parce que mes parents sont trop vieux pour avoir envie de m'y emmener. En revanche, je suis allée deux fois au Futuroscope, le parc d'attractions du futur vu par le passé.

Lundi 7

C'est la rentrée. Premier jour de règles, j'ai envie de manger tout ce qui est comestible sur la Terre et de rester prostrée dans mon lit avec ma bouillotte et mon plaid le plus doux. Ma seule motivation pour me lever était de revoir Mehdi et de lui demander qui était Linda (non je rigole), mais quand j'ai rejoint les autres sur le parvis j'ai compris qu'il était malade et qu'il allait être à l'isolement pendant dix jours. DIX JOURS ! À la fin de sa quarantaine, ça fera un mois sans le voir en tout. Quel cauchemar. Est-ce que le sort s'acharne sur moi ? Il va louper deux cours de cinéma, ça me paraît interminable.

Au fait Gavroche nous a demandé de développer notre idée de comédie romantique au plus vite !! Je stresse !

Mardi 8

J'ai aperçu Lucie qui sortait des toilettes du bâtiment B, j'ai eu l'impression qu'elle essuyait des larmes. Elle m'a fait de la peine, peut-être que tout est fini avec son Apollon[1], ou alors elle est fâchée contre moi ? Peut-être que j'ai mis sa vie à sac en lui révélant l'adultère ? Je me sens coupable. J'avais envie de la prendre dans mes bras pour la consoler et puis savoir ce qui se passait. Parfois je ne sais même plus pourquoi on n'est plus amies. Je pensais qu'on le serait toute la vie, qu'on ferait une soirée pour nos quarante ans où il n'y aurait que des buckets du KFC en guise de petits fours et qu'on louerait même un distributeur de sodas à volonté comme dans les Subways. Mais bon, je ne suis pas allée la voir...

Mercredi 9

En allant dans les toilettes du bâtiment D (les plus propres), j'ai vu Lucie chercher quelque chose dans la bouche de Jérôme avec sa langue. A priori, ils sont toujours ensemble.

J'ai passé l'après-midi avec Jessica pour inventer des comédies romantiques au lycée. Je lui ai demandé comment on faisait pour oublier un mec qui s'en fout de nous. Elle m'a dit « Oh tu sais un amour en chasse un autre. T'es sur qui han ? » J'ai dit que c'était pour une copine. J'imagine qu'elle ne m'a pas crue vu que je n'en ai pas.

---

1. Rires du public.

PROPOSITION DE COMÉDIE ROMANTIQUE #1

Blabla land

Au cœur du CDI, Myriam, une documentaliste bilingue, range les manuels scolaires par années de publication. De son côté, M. Pain distribue des morceaux de pains. Tous deux sont bien loin de la vie rêvée à laquelle ils aspirent mais ils développent des sentiments amoureux sans jamais se l'avouer l'un à l'autre et sans aucune chanson. Juste en blablatant sur la météo cinq minutes par jour.

Jeudi 10

J'ai eu dix-neuf en maths. Je pense que j'ai une carte à jouer dans le futur français des sciences dures.

PS : Je suis allée chez le coiffeur, comme ça j'aurai les cheveux tout lisses et tout brillants pour le retour de Mehdi.

Vendredi 18

Je suis dégoûtée, il ne verra pas mon brushing. Il était censé revenir aujourd'hui mais j'ai vu dans sa story qu'il avait séché pour repartir en week-end prolongé à la montagne. En fait, les riches ne s'arrêtent jamais de se divertir même les jours d'école (mes parents ne feraient jamais un truc pareil). Fou rire en imaginant mon père en train de me dire : « Aujourd'hui, tu ne vas pas à l'école ma pépée[1], on va au bowling ! »

Demain, je suis invitée par Jessica à une soirée chez son frère.

Samedi 19

Trigger warning : tournante.

Je suis allée chez Marlon. Sur le chemin, un mec m'a suivie et m'a proposé deux-cents euros pour que je boive un verre avec lui. J'ai dit non. Je n'ai même pas flippé, je commence à être habituée. Quand je suis arrivée, tout le monde était installé autour d'une table de jardin en plastique. Il y avait tous ses potes de son âge :

* Moustapha, un mec pas très beau mais TROP marrant. Il faisait des remarques hilarantes mais je n'ai aucune citation en tête. Au bout d'un moment, il s'est mis à peloter Anne-Sophie.

* Anne-Sophie portait une robe en soie. Elle fait des rallyes, ce sont des soirées pour que les enfants de riches se reproduisent entre eux. Elle vient de la campagne et m'a expliqué qu'elle n'était pas si riche mais qu'elle était inscrite à ces soirées simplement parce qu'elle était fille de médecin.

* Benjamin (rien à signaler, c'est un PNJ).

* Marlon (normal, c'est chez lui)

1. Quand j'étais petite, j'ai montré une poupée dans un magazine de jouets en criant « Une pépée ! ». Depuis, mes parents m'appellent comme ça, enfin mon père.

* Et Gustave, c'était le plus beau des mecs présents, sans être incroyable non plus. Il est dans mon style, brun, yeux noisette. Il portait un sweat à capuche noir, un jean noir bien coupé et des Vans noirs.

Je pensais qu'ils allaient tous me prendre pour une gamine mais en fait ils avaient tous la même énergie que Terrance et Philippe dans *South Park*. J'ai vite été rassurée, surtout quand Benjamin a filmé Moustapha en train de décapsuler une bouteille d'Heineken avec ses dents. Après quelques bières, on a fait une tournante de ping-pong. Gustave était super fort, il faisait des smashs à tout le monde sauf à moi, et je suis presque sûre que dans notre duel final, il m'a laissée gagner. C'est de loin le crayon le plus aiguisé de la boîte qu'est la bande de potes de Marlon. Son père est riche, c'est le PDG d'une entreprise qui fait des chaussettes de luxe ou je ne sais pas quoi.

Gus[1] a son propre appartement à Paris alors qu'il ne fait pas grand-chose. C'est un artiste, enfin un graffeur. Il se déplace toujours avec un gros marqueur noir pour gribouiller les pubs dans le métro. Je n'ai pas osé lui dire que je trouvais que les graffitis avaient tendance à transformer n'importe quelle rue sympa en bidonville et que la majorité du temps, c'était plutôt immonde. C'est le seul truc sur lequel je suis à cent pour cent d'accord avec mon père. En plus, à quel point il faut être égocentré pour poser son gribouillis de signature qui n'a de sens

1. C'est son surnom, comme la grosse souris maladroite dans Cendrillon, je trouve ça trop mignon.

que pour soi sur tous les murs de la ville, ça revient à pisser sur les arbres pour marquer son territoire. Mais je lui ai dit que c'était « top ! » ! Sur le moment, c'était un peu sincère mais, après la soirée, on a pris le métro ensemble et quand je l'ai vu crayonner son truc dans le coin de l'affiche du spectacle d'Arnaud Ducret, j'ai trouvé ça vraiment minable.

Dans la rame du métro, alors qu'on était côte à côte sur les strapontins, ma station est arrivée, je me suis levée pour partir, il m'a attrapé la main en me disant : « Attends ! » et il m'a embrassée ! Oh Lord. J'étais sur une autre planète, mes jambes tremblaient à fond, je m'y attendais pas du tout. La sonnerie du métro a retenti, j'ai sauté sur le quai, les portes se sont refermées et je l'ai vu partir à travers la fenêtre toute griffée caractéristique de la ligne 8. Il me regardait en souriant les yeux pétillants et j'ai lu sur ses lèvres « À bientôt ».

PROPOSITION DE COMÉDIE ROMANTIQUE #2

Titanic 94

L'épave du *Titanic 94*, qui est une simple péniche sur la Marne, fait l'objet d'une exploration fiévreuse. L'une des rescapés, Louise, se rend sur place et évoque ses souvenirs au sujet d'une histoire d'amour de l'époque.... Entre une certaine Linda et un certain Mehdi.... qui n'ont malheureusement pas survécu au naufrage...

Dimanche 20

Je me suis endormie en m'imaginant dormir dans les bras de Gustave. Ça restera le premier[1] homme que j'ai embrassé pour toute la vie. Ça veut dire qu'il aura toujours une place à part dans mon histoire sur Terre, autant l'utiliser, comme un outil pour me dépuceler sans que personne le sache.

Lundi 21

Mehdi est revenu ! *What a time to be alive.* Quand j'ai croisé son regard dans la foule, je ne voyais que lui, les autres étaient flous. C'est vraiment la star de mon film. Il m'a souri au ralenti et moi aussi. J'ai dit « Salut Mehhhd » et ma voix a déraillé comme celle de ma tata qui fume trop de clopes et le ralenti s'est arrêté. Il m'a fait la bise et son odeur m'a enrobée tout entière. Ça a sonné et on s'est séparés sans rien se dire de plus. Il était archibronzé du ski, on aurait dit un aventurier qui revenait de son exploration des territoires les plus sauvages du monde. Courchevel.

1. Je ne compte pas le vieux smack de Philippe *of course.*

Jeudi 24

J'ai rejoint Jessica tout au fond de la cour pendant la pause. C'est là qu'elle fume sa clope tranquille. Elle a la classe, elle regarde l'horizon en mettant son poids sur une jambe puis l'autre. Elle m'a dit : « Alors avec Gustave ? Petite cachottière ! » J'étais trop mal à l'aise et fière de moi. Elle m'a répété tout ce qu'il avait dit sur moi, notamment que mon parfum le « rendait fou », et m'a annoncé lui avoir filé mon numéro de téléphone ! À quelques mois près, je n'en aurais pas eu, il aurait dû appeler sur le fixe de mes parents et demander à me parler. J'aurais été obligée de me pendre de honte. J'ai passé le reste de ma journée à regarder mon portable pour voir s'il m'avait écrit. C'est donc ça, la romance moderne ?

Vendredi 25

Les planètes étaient alignées aujourd'hui. La dépression de Herr Galine n'a pas dit son dernier mot, il était encore absent si bien que j'ai eu une heure à tuer avant le cours de cinéma et la classe de Mehdi aussi. On a donc zoné dans le foyer tous ensemble en attendant. Je craignais trop d'avoir perdu le lien avec la bande parce qu'il n'y avait plus de soirées, comme si seul Mehdi était le liant entre eux tous et permettait qu'un événement soit organisé. Je pense que c'est ça le charisme (il est si parfait).

On a commencé à parler de vidéos marrantes et j'ai dit avec aplomb : « Vous connaissez celle du chat qui a le hoquet et qui pète en même temps ? » Personne ne la connaissait alors j'ai dû la montrer. Mehdi est venu immédiatement se coller à moi pour être aux premières loges. Je sentais sa cuisse contre la mienne, j'étais au max. J'ai cherché la vidéo quelques secondes. Quand je l'ai trouvée, on a eu le temps d'en regarder quelques secondes quand mon téléphone a vibré et qu'un message d'un numéro que je ne connaissais pas est apparu : (« Comment ça va depuis la tournante ? ») en même temps que résonnait le terrible bruit de prout de la vidéo du chat par-dessus. J'ai immédiatement verrouillé mon téléphone dans la panique. Je suis presque sûre qu'il n'a pas vu. Presque. Tain.

Pendant le cours de cinéma, Gavroche a expliqué comment ça allait se passer à partir de maintenant pour le projet de fin d'année. Elle a distribué les rôles comme pour un vrai film. Il y aura un réalisateur attitré, un assistant réalisateur, un cadreur, un script, un décorateur, un accessoiriste, personne pour la lumière car pas de lumière, et pareil pour le son car il sera pris directement depuis le Canon 5D de la prof. Mais on aura quand même un fauteuil roulant pour faire des travellings. Le concierge a accepté de nous prêter celui de son fils myopathe. Et devine quoi, mon petit journal adoré ? Je suis la scénariste attitrée du film. Je suis super excitée mais il faut vraiment que j'avance l'affaire.

Samedi 26

J'ai passé la journée à textoter Gustave. Quel doux frisson, ce badinage épistolaire ! Il m'a raconté toute sa vie en temps réel et moi aussi. Ma mère m'a engueulée en me disant de lâcher mon téléphone parce que ce deuxième cerveau électronique était en train de me rendre complètement conne. Elle a raison mais elle ne peut pas vraiment me comprendre car personne ne l'a draguée depuis le siècle dernier.

PS : J'ai vu *Les Liaisons dangereuses* avec John Malkovich. C'est vrai qu'à l'époque, ça avait une autre gueule, le badinage épistolaire. J'aimerais trop envoyer des lettres d'amour avec le sceau des armoiries de ma maison (la grosse commode en merisier).

Mardi 29

Depuis que j'ai réalisé que j'étais attirante pour les hommes, je me trouve carrément belle. Je vois ce qui peut leur plaire chez moi. Je suis grande et mes vergetures ne sont plus un problème, elles font partie de mon histoire, je dois remercier mon corps, c'est EnjoyPhoenix qui l'a dit. J'ai trop envie d'avoir sa taie d'oreiller en soie qui n'abîme pas les cheveux. Ça me paraissait complètement con au début mais, maintenant qu'elle a expliqué le délire, ça me semble essentiel. Mes cheveux passent la moitié de leur temps plaqués contre mon oreiller, bien sûr qu'ils méritent un enrobage en soie.

Mercredi 30

Gustave ne m'a pas écrit depuis vingt-quatre heures et ma mère m'a demandé pour qui je me prenais à vouloir péter dans la soie au juste.

Jeudi 31

HAN !!!
Message de Gustave :

"On se voit samedi ?"

Oh Lord.

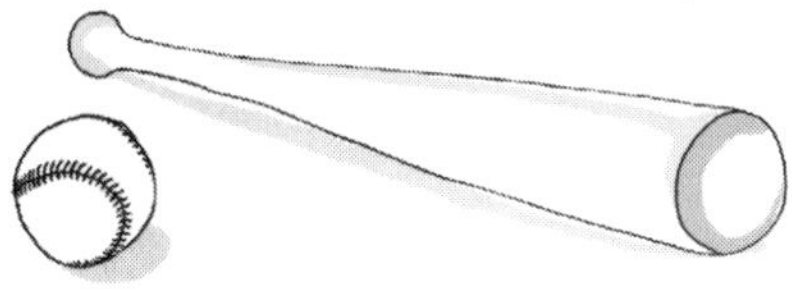

AVRIL

Fruits de la passion

Vendredi 1

Je suis mortifiée. Pourquoi je fais ça déjà ? Je sais même plus et en même temps je suis trop excitée. C'est un rite de passage. Il m'a donné rendez-vous rue Sainte-Anne. Il m'a dit que c'était une rue avec principalement des restaurants japonais mais pas « comme dans ma banlieue » avec des plats aberrants du style makis au kiri, mais de vraies cantines nippones. Je crains le pire. Je suis super difficile, je n'aime presque rien et surtout pas tous les trucs dégueulasses qui sortent de la mer. Je voudrais dire à Gustave qu'un Happy Meal ferait l'affaire. En plus, je n'arrive pas à manger proprement, je suis un vrai porc. Bon, de toute façon, je sais d'avance que j'aurai le ventre noué de stress et que je ne pourrai rien avaler.

Samedi 2

J'ai mis mon parfum à la fleur d'oranger et un grand pull col en V de mon père sur les conseils de Jessica qui est venue m'aider à me préparer. On a passé une journée cool, elle m'a confié qu'elle n'avait jamais eu de vrai rendez-vous mignon comme ça et qu'elle aimerait juste rencontrer un mec sympa qui ne la trompe pas : « Un mec réglo qui m'prend pas pour une conne. » J'ai l'impression qu'elle vit dans une télé-réalité parfois. Elle m'a donné des capotes que j'ai mises dans mon sac, en m'informant que ce serait exactement comme apprendre à faire du vélo, ça semble impossible au début et dès qu'on a réussi, on trouve ça complètement naturel. J'ai l'impression que l'image ne marche qu'à moitié, est-ce qu'il faut se mettre des roulettes sur les côtés pour apprendre à ken ? Ça m'a terrifiée.

J'étais super stressée, j'avais envie de vomir. C'était la première fois que j'allais toute seule dans Paris. Je m'imaginais les pires scénarios : un mec qui m'agresserait au couteau en mode *Scream* ou, je sais pas, un cinglé qui me pousserait sur les rails du métro. En fait, cette idée morbide vient de ma mère qui m'a répété un nombre incalculable de fois de ne jamais me tenir au bord du quai à cause de ça. Je comprends sa démarche : elle souhaite mon bien et veut me protéger. Mais pourquoi inventer le personnage du fou qui pousse les gens, qui met des seringues infectées au sida dans les fauteuils des cinémas et qui coince des lames de rasoir dans les rainures des toboggans de l'Aquaboulevard ? À part pour me terroriser et que la moindre activité devienne une épreuve et une source de stress intense ? N'empêche, si c'était vraiment la même personne qui faisait tout ça, elle aurait des journées trop cool !

On est tombés l'un sur l'autre au coin de la rue Thérèse. En le redécouvrant dans ce contexte, je me suis rendu compte qu'on avait quand même une très grande différence d'âge. C'est dingue qu'il s'intéresse à moi. Il avait un jean serré, un tee-shirt d'un groupe que je ne connais pas et un bomber Schott. Je ne savais pas comment lui dire bonjour, mon cœur battait à fond, j'aurais voulu disparaître. Il m'a souri et m'a embrassée direct en tenant ma tête avec ses mains. Je me suis liquéfiée. Il n'y avait vraiment aucune raison pour que mes parents soient dans ce quartier de Paris à cette heure-ci mais je me suis mise à imaginer mon père avec sa mallette de travail qui se tiendrait raide comme un piquet de l'autre côté de la rue, me regardant droit dans les yeux puis faisant « non » de la tête très lentement pour manifester son immense déception de voir sa fille portant son propre pull col en V en train d'embrasser un grand con de graffeur. Gustave était plein d'énergie, trop content que je sois vraiment venue. On est allés directement au restaurant. Je me suis sentie comme une petite fille quand j'ai lu le menu et vu que je ne connaissais rien de ce qui était proposé sur la carte. Il a fini par choisir pour moi car les serveuses étaient oppressantes et voulaient vite prendre la commande, qu'on bouffe et qu'on dégage. C'est le pire restaurant où je sois jamais allée. Il y a tellement de clients que les employés nous servent comme si on était des clébards. D'ailleurs tous mangent super rapidement le dos courbé au-dessus de leur bol, comme des bons toutous. Finalement, ça a du sens. Il nous a commandé un ramen chacun, le meilleur de la carte selon lui. J'avais trop la haine de m'être laissé paterner comme ça. J'aurais dû m'imposer.

J'ai serré les dents et j'ai mangé ce que j'ai pu. C'était tout ce que je déteste : un bouillon rempli d'artefacts non-identifiés. On aurait dit un fond d'évier. Je n'avais pas envie d'avoir l'air d'une gamine difficile et capricieuse alors j'ai gardé ma souffrance pour moi. Je n'ai aucun souvenir de ce qu'on s'est dit pendant le repas tellement je prenais sur moi pour ne pas dégueuler. En vingt minutes, on avait fini de manger et la serveuse est venue immédiatement pour récupérer nos bols. Si un interprète avait traduit son langage corporel, il aurait dit : « J'ai chié dans vos soupes, maintenant que vous les avez bues, cassez-vous. »

On était ensemble depuis trente minutes seulement et on avait déjà fini de manger. Il a donc proposé une balade mais au bout de quelques rues, j'étais frigorifiée. C'est là qu'il a émis l'idée d'aller chez lui, car on se trouvait comme par hasard à deux ou trois pâtés d'immeubles de son appartement. J'ai complètement paniqué. Il a dû s'en rendre compte car il a tout de suite désamorcé mon angoisse en me précisant que c'était juste pour être au chaud. Bref, en moins de temps qu'il n'en faut pour le dire, moi Louise, seize ans, je me suis retrouvée chez un mec !!!!!!

Chez lui, il y avait plein de trucs de geeks dont je ne comprenais pas l'intérêt. Il m'a parlé longuement de son morceau de pellicule du film *Le Voyage de Chihiro* mis sous cadre, qui trônait sur son étagère. J'avais envie de rigoler mais je n'ai pas osé. On s'est installés sur son canapé et j'ai senti qu'il pourrait y avoir un rapprochement, j'ai eu immédiatement envie de vomir. Je ne m'étais pas rendu compte que quand je ne me tenais pas droite le décolleté de mon col en V laissait apparaître la fente entre mes seins. Il m'a dit « J'adore tes seins ». J'étais super flattée d'abord. Puis j'ai commencé à avoir chaud et à me sentir mal. Comme j'ai souri, il n'a pas compris que je n'étais pas du genre déniaisé, et il a entrepris de me parler de ses préférences sexuelles, qui consistent à attacher les filles aux barreaux de son lit. Je pense qu'il a pu lire mon effroi sur ma gueule puisqu'il a immédiatement regretté puis s'est excusé. Il m'a dit qu'il ne voulait pas m'effrayer et qu'il en avait sans doute trop dit. Il était sincèrement désolé. Je suis restée une demi-heure de plus pour que mon départ ne semble pas lié à l'annonce de son penchant pour le BDSM mais en vain. Je suis rentrée à la maison et j'ai vomi par le nez. Je suis allée me mettre dans le lit de papa et maman sous l'édredon bien épais qui t'écrase à fond.

Lucie me manque. J'aurais voulu l'appeler sur le chemin du retour au lieu de pleurer toute seule dans le métro. S'il n'y avait aucun tabou avec mes parents, j'aurais tout raconté à ma mère.

Dimanche 3

Impossible de me lever. Je suis restée au lit et j'ai joué à *Catan Online* sur mon portable toute la matinée en ignorant les appels de Jessica. J'ai enchaîné les parties jusqu'à ce que mon téléphone soit entièrement déchargé puis je l'ai laissé à l'abandon sous ma couette. Je me trouve bête d'avoir eu peur et surtout de m'être mise dans cette situation. Je ne suis pas du tout prête à coucher avec un mec qui me plaît à moitié, et encore moins s'il a vingt-quatre ans, des jouets japonais dans sa chambre ainsi que des penchants pour la domination. Je n'ai pas envie de passer de vierge à sadomasochiste, j'imaginais qu'on pouvait quand même trouver un entre-deux plus sympa. J'ai l'impression de faire n'importe quoi, je me fais peur.

Lundi 4

J'ai rallumé mon téléphone. Il y avait un message de Gustave que j'ai lu dans la Zafira de ma mère en allant au lycée, ça m'a foutu la gerbe. Il me disait que si jamais j'avais envie de voir une expo ou je sais pas, boire un café, je pouvais l'appeler. Je n'ai pas répondu, je ne répondrai jamais. Il me dégoûte. J'ai évité Jessica toute la journée pour ne pas lui raconter cette histoire et passer pour une gamine. Je crois que je ne pourrais même pas la raconter à voix haute tellement j'ai honte de tout.

Jeudi 7

En allant à la cantine, je me suis tassée contre les autres dans la file entre le mur et les barrières quand Thierry[1], un énorme bourrin du lycée, a voulu doubler tout le monde

1. Toute ma vie j'ai prononcé « Tiri » et quelqu'un m'a corrigé *today*, il faut dire « Tiéri », j'ai l'impression d'avoir vécu dans l'obscurité tout ce temps et d'apercevoir enfin la lumière de la Vérité. Ça reste cheum comme prénom.

pour pouvoir choisir son dessert vu qu'il y avait des paris-brest au menu. Parfois les derniers du deuxième service n'ont pas la chance de se délecter de ce mets d'exception car il n'y en a pas assez. Je suis persuadée que M. Pain et consorts ponctionnent les stocks à des fins personnelles, je n'ai pas de preuve, ce n'est qu'une intuition, mais je suis sûre que j'ai raison. Bref, Thierry a remonté toute la file en bravant la foule comme Johnny au Parc des Princes et il y a eu un effet boule de neige car personne ne voulait le laisser passer : ça a créé un tsunami d'ados moches et rebattu toutes les cartes. Je tanguais comme une barque au milieu de l'océan et quand le tumulte s'est terminé, je me suis retrouvée collée-serrée à Lucie et à son Smogogo que je n'avais pas du tout repéré auparavant ! Elle non plus ne m'avait pas vue visiblement puisqu'elle s'est esclaffée : « Azy là ça fait serrer on dirait c'est les soldes là ziva.[1] » Je n'ai pas pu réprimer mon rire de cochon truffier et elle a rigolé à son tour en l'entendant, puis s'est arrêtée net quand elle s'est rendu compte que c'était moi. Un autre mouvement de foule m'a déplacée vers d'autres contrées et je me suis retrouvée à être la toute dernière de la file. Je n'ai pas eu droit à la bonne crème pralinée bien grasse qui sort de tous les côtés du chou. Quand j'ai voulu retrouver mes potes, ils étaient déjà partis. J'ai mangé toute seule en quatrième vitesse et une minute après avoir finalement réussi à les rejoindre, ça a sonné et j'ai dû retrouver ma classe, Jérôme et mon petit monde de solitude.

1. Elle n'a évidemment pas dit ziva. Mais je l'ai ressenti.

Je me suis acheté un paris-brest au dépôt de pain sur le chemin du retour pour me consoler. Je l'ai littéralement gobé et c'était dégueulasse car mal décongelé. Dès la première bouchée, j'ai croisé le regard d'un ouvrier qui n'a pas pu s'empêcher de commenter : « Alors on se régale, attention à la ligne hein ! Allez bonne journée la miss. » Je lui ai répondu : « Mange tes morts, vieux sac à merde. » Puis j'ai couru.

Vendredi 8

Impossible de voir Jessica toute seule. Elle est tout le temps collée à Mehdi et aux autres. J'ai le sentiment qu'il se tait quand j'arrive comme s'il m'en voulait. Mais je ne peux pas le confronter en lui demandant pourquoi on n'est plus aussi proches qu'avant puisqu'on ne l'a jamais été. C'est chiant. J'ai fini par envoyer un message à Jessica en lui demandant de ne parler à personne de cette histoire avec Gustave. J'avais peur qu'elle me réplique que je n'étais pas le centre du monde mais elle a répondu qu'il n'y avait pas de problème mais que, néanmoins, elle en avait, simplement, déjà parlé à Mehdi au détour d'une conversation. Mais qu'il ne fallait pas s'inquiéter parce qu'il n'était pas du genre à diffuser les ragots. PU-TAIN. Triple buse.

Samedi 9

Aujourd'hui, c'était l'anniversaire de Lucie. C'est la première fois que je ne le lui souhaite pas. Trop bizarre. Ça me rend triste. Tous les ans, je lui offre un truc fait main bien débilos que j'ai quand même mis des mois à fabriquer. Elle l'ouvrait en déchirant le papier cadeau comme un bébé chien et en découvrant l'objet, elle hurlait : « Qu'est-ce que c'est que cette merde han !! Non mais c'est une blague han. » Et on se marrait, et elle était ravie et me faisait un gros câlin. Puis, l'après-midi, bien qu'elle déteste ça, Emmanuelle nous déposait à Balard, tout au bout de la ligne 8 pour qu'on passe tout l'après-midi à l'Aquaboulevard. Elle suppliait Lucie de ne surtout pas oublier de porter ses chaussettes de piscine pour ne pas attraper de verrues plantaires, ce que bien sûr elle ne faisait jamais parce que ça crée une petite poche d'eau pesante au bout des pieds qui empêchent de profiter de la liberté de mouvement qu'offre l'immersion dans la piscine.

La dernière fois qu'on est allées là-bas, j'ai nagé toute seule dans le petit bain en enchaînant plusieurs mouvements de brasses sous l'eau. Je fais ça car ça me donne l'impression d'être une sirène des fonds marins féériques, sauf qu'à la place de coraux multicolores et d'anémones psychédéliques, il n'a que des pansements usagés et des monstres de cheveux entrelacés. Bref. Ce jour-là, je suis tombée nez à nez avec un étron sous-marin. Ça m'a foutu les jetons, c'était comme assister à un vol de pickpocket dans le métro. C'est un moment de solitude extrême où tu n'es plus sûre de ce que tu as vu, ni du comportement à adopter dans le cas où tu n'aurais pas halluciné. Que ce soit un voleur ou un gros caca moulé de l'Aquaboulevard, il faut quand même un minimum de confiance en soi pour donner l'alerte. J'ai immédiatement fui la zone sinistrée en évacuant le bassin par un des rebords, chose que je ne fais jamais d'habitude car je sais très bien de quoi j'ai l'air quand je roule sur le rebord laborieusement parce que je ne suis pas capable de tracter mon corps hors de l'eau. Ensuite, j'ai couru pour aller chercher Lucie et on s'est plantées sur le bord du bassin pour observer la scène de loin. Et là, cacastrophe.

Les vagues de la piscine se sont déclenchées et ça a attiré tous les enfants à l'endroit du caca, concentrant la foule autour de l'étron. Le colombin a très probablement tourbillonné çà et là, effleurant des dizaines d'enfants sans que personne ne le sache sauf nous. Quand les vagues se sont arrêtées, la crotte est remontée à la surface et quelqu'un a immédiatement lancé l'alerte. Tout le monde est sorti de l'eau en criant et en levant les bras en l'air comme si c'était de la lave. Après ça, on est tous restés debout autour du bassin pour admirer le courageux maître-nageur qui s'est sacrifié pour pêcher le colombin avec son épuisette. Lucie a été la première à hurler bravo et a même lancé un applaudissement quand il a levé la merde au-dessus de l'eau, c'était génial de se réjouir pour un petit caca dans un filet. Bref, tout ça pour dire que j'aurais préféré être la personne qui donne l'alerte plutôt que d'être celle qui s'enfuit pour ne sauver que sa peau. N'est pas Snowden qui veut. J'ai l'impression qu'il n'y avait qu'avec Lucie que je pouvais vivre des sensations pareilles.

J'ai fini par lui envoyer un SMS en fin de journée pour lui souhaiter son anniversaire. J'en ai profité pour lui dire que je l'avais vue pleurer, qu'elle me manquait atrocement, que j'espérais qu'elle allait bien et que ma mère pouvait avoir des places moins chères avec son CE pour l'open bar verrues plantaires.

Mercredi 13

J'ai trop la haine, ma mère m'a dit qu'on passerait l'intégralité des vacances de printemps dans la Beauce en compagnie de tata Jojo. Même si j'adore tata, je n'ai pas envie d'être coincée dans ce trou à rat pendant quinze jours, c'est un enfer. C'est trop glauque là-bas : la maison de ma grand-mère morte étant devenue la demeure familiale, tout le monde y va mais personne ne se réapproprie vraiment le lieu, ce qui crée une atmosphère de château hanté. En plus, il y a un renard empaillé dans le salon, qui a l'air super agressif. Quand il fait nuit, la lumière de la lune n'éclaire que sa tête comme par hasard, ça fout sérieusement les jetons. On ne capte pas la 3G et personne ne veut payer Internet donc il n'y a même pas de box. J'ai supplié maman de me laisser ici. Elle m'a dit que j'allais ne manger que de la daube si je restais toute seule et que ce n'était pas négociable, qu'un grand bol d'air me ferait le plus grand bien. Elle m'exaspère.

Mardi 19

Pour le dernier cours de sport avant les vacances, on a fait une thèque géante[1] avec plusieurs classes qui avaient

1. C'est une sorte de base-ball simplifié.

cours d'EPS sur le même créneau et devinez qui était là ? Mehdi bien sûr. Purée, j'étais trop mal, j'avais mis mon pire jogging, celui qui me donne l'air d'un petit tonneau. J'avais honte. Heureusement on a dû passer de grandes chasubles de couleur par-dessus nos vêtements pour différencier les équipes, ça m'a permis de cacher mon ventre, mes fesses et mon indignité. Depuis le soir des ramens, j'ai perdu dix points de confiance en moi, fuck.

Je me suis retrouvée à attendre mon tour avec mon gilet jaune dans la file des batteurs, juste devant Mehdi. Il était complètement silencieux, limite un peu gêné. Quand ça a été à mon tour de taper dans la balle, je me suis avancée vers la première base et j'ai placé la batte derrière ma tête. Là, Mehdi m'a parlé l'air de rien : « Je refais une soirée samedi, tu peux venir si tu veux... avec Gustave... » J'étais estomaquée, j'ai fait volte-face vers lui, je pense que j'étais rouge comme le chien Clifford[1] tellement j'étais gênée. Mais je n'avais pas réalisé que je tenais toujours la batte de base-ball dans les mains, prête à frapper fort avec ! Il a fait un bond en arrière par instinct de survie. J'ai désamorcé la menace en relâchant immédiatement mon arme contondante et j'ai tenté de me défendre mollement avec un « Hein ? Qui ? Gustave ? ». Il m'a répondu : « Bah ton mec là ! » Ça m'a estomaquée, j'ai voulu plaider non coupable mais toutes les personnes de mon équipe se sont mises à me gueuler dessus en chœur pour que je me « grouille

1. Les affiches du film pour enfants *Clifford* me dérangent énormément, ce gros chien rouge est clairement une représentation du diable.

le fion de jouer ». Je suis presque sûre d'avoir entendu un « grosse conne » d'ailleurs. J'étais tellement furax que, quand la balle est arrivée sur moi, j'ai tapé dedans comme si ma vie en dépendait. Elle est partie dans les tréfonds de la cour du lycée, j'étais plutôt fière. J'avais la satisfaction du travail accompli alors je me suis tournée à nouveau vers Mehdi pour terminer ma plaidoirie, mais là, tout le monde s'est remis à me HURLER dessus comme si j'avais fait un truc super grave, genre j'sais pas, manger ma propre merde : « MAIS COURS ! COURS PUTAIN ! » J'étais devenue la Forest Gump du lycée simplement parce que personne ne m'avait jamais expliqué les règles de la thèque. Je me suis quand même mise à courir en tentant de ne pas rompre le dialogue avec Mehdi. Je trottinais à reculons en parlant de plus en plus fort pour qu'il puisse quand même m'entendre : « Non mais Gustave, c'est personne ! » Je devais être sacrément ridicule puisqu'il a commencé à rigoler. Je me suis arrêtée à la première base en attendant que ceux de l'équipe adverse reviennent avec la balle. Les cris et les reproches de mon équipe ont repris de plus belle, quelqu'un a même dit calmement « Non mais elle est teubée » sans crier, sur le ton du constat, c'est ça qui m'a fait le plus mal, bref. Mehdi pleurait de rire. J'étais super vexée et je me suis figée sur place.

La balle est revenue et c'était à son tour d'être batteur. Il a tapé tellement fort qu'elle a disparu au-dessus des arbres et même des barrières du lycée. Après une seconde de stupéfaction générale, il s'est mis à courir vers moi à toute berzingue. Quand il est arrivé à ma hauteur, je lui ai dit : « Et toi ? Tu vas inviter LINDA aussi ? » Au lieu de me répondre, il m'a attrapé la main et m'a tirée pour que je coure avec lui. Il m'a crié dessus, tout essoufflé : « Mais tu t'en fous ou tu sais pas jouer ? T'es vraiment cinglée, toi ! » et on a fait tout le tour de la piste en passant par toutes les bases pour finalement revenir au point de départ en courant main dans la main. Toute notre équipe de gilets jaunes nous a sauté dans les bras, j'ai cru que j'allais cracher mes poumons et qu'on avait réussi à faire baisser le prix du baril de pétrole. J'étais le personnage principal de mon film à ce moment-là, j'en trépigne de joie en l'écrivant. Quand l'euphorie est redescendue, Mehdi m'a demandé : « C'est qui, Linda ? » Je ne me suis jamais sentie aussi mal de ma vie. Il a ajouté : « Ma cousine, Linda ? » La fin de l'heure a sonné et il m'a dit : « Bon bah à plus ! » avec son sourire de dix kilomètres de long, puis il a été emporté par le flot de ses potes en chasuble, on aurait dit une fin de manif. J'étais redevenue une figurante.

Putain, c'était sa cousine. Je suis vraiment trop stupide. J'ai hâte d'aller à sa soirée ! YEAAAAAAAAAAH !!!

Mercredi 20

Ascenseur émotionnel. J'avais oublié qu'on partait samedi, j'ai envie de me jeter par la fenêtre. J'ai supplié ma mère de ne partir que dimanche à la campagne, car ça ne changerait rien pour elle d'y aller un jour plus tard alors que ça changerait tout pour moi. Elle n'a jamais voulu céder parce que c'est la fête du Jambon à l'os le 23 à Nogent-le-Rotrou[1]. Je vais rater l'amour de ma vie pour un rôti géant de cadavre de cochon. Je suis doublement dégoûtée. Je n'ai pas envie que le bilan de cette année cumule une amitié ratée et une histoire d'amour avortée. J'ai décidé d'écrire une lettre à Mehdi pour faire avancer mon arc narratif en mode Mme de Merteuil mais sympa.

Jeudi 21

Mehdi,

Faut que je te dise la vérité, je n'aime pas les Monty Pythons. Je trouve leur humour insupportable, super lourd et par-dessus tout, je déteste leur accent. J'ai fait semblant d'aimer ces films atroces pour te plaire. Depuis le premier cours de Mme Fostier, je ne vis que pour cette classe où je sais que je vais brasser le même air que toi. Je veux tout partager avec toi, même ton Covid lol. Je ne pourrais pas venir à ta soirée car ma mère m'oblige à manger du jambon cuit. J'ai le sentiment de rater l'événement qui scellerait mon destin, notre destin. M'attendras-tu ?

Toute à toi,

Louise.

Ouais, je ne sais pas, c'est peut-être un peu trop intense et confus.

1. Porte bien son nom.

Mehdi,

Faut que je te dise la vérité, je n'aime pas les Monty Pythons. ~~Je trouve leur humour insupportable, super lourd et par-dessus tout, je déteste leur accent. J'ai fait semblant d'aimer ces films pour te plaire. Depuis le premier cours de Madame Fostier, je ne vis que pour cette classe parce que je sais que je vais brasser le même air que toi. Je veux tout partager avec toi, même ton Covid.~~ Je ne pourrais pas venir à ta soirée ~~car ma mère m'oblige à manger du jambon cuit. J'ai le sentiment de rater l'évènement qui scellerait mon destin, notre destin.~~ M'attendras-tu ?

~~Toute à toi,~~ bisous

Louise.

Dans un élan de folie, surexcitée par les sucres rapides de mes deux Candy'Up fraise, j'ai marché comme une furie vers la boîte aux lettres et j'ai posté la lettre pour qu'il n'y ait pas de retour en arrière possible. Je suis fière de moi.

Vendredi 22

La nuit porte conseil et je regrette énormément. Pourquoi j'ai fait ça ? En la postant, je viens de m'humilier à rebours. Je ne peux plus revenir en arrière, j'ai qu'à attendre ma sentence. Si ça se trouve, il ne va même pas comprendre que c'est une déclaration, il va simplement penser que je suis complètement mégalo de prévenir de ma non-venue à sa soirée par courrier. Oh Lord.

Sur le chemin du lycée, j'ai beaucoup cogité. J'ai étudié tous les moyens de disparaître, de changer de vie, faire mes clics et mes clacs, ciao la compagnie. *So long !* J'ai même désactivé mon compte Instagram puis j'ai réfléchi à comment refaire ma vie de l'autre côté de la voie ferrée, m'inventer une nouvelle identité à Alfortville. Pourquoi pas travailler sur des marchés sous une fausse identité le temps que les choses se calment ?... Je suis allée au supermarché pour m'acheter quelques vivres et commencer ma cavale. J'ai pris un paquet de Balisto rose et une canette de Monster puis je me suis posée sur les marches du pont au-dessus des rails qui séparent Maisons-Alfort du reste du monde, prête à basculer de l'autre côté, vers une nouvelle vie, un nouveau moi. Puis il s'est mis à pleuvoir et j'avais grave envie de pisser alors j'ai décidé d'aller en cours. Je suis arrivée à peine en retard pour les maths.

Aujourd'hui, c'était le dernier jour avant les vacances. Je sais que la poste n'est pas assez rapide pour que Mehdi ait déjà reçu la lettre mais j'ai quand même angoissé toute la journée à l'idée de le voir au cours de cinéma. Quand c'est arrivé, je n'ai pas pu affronter son regard. Il doit me prendre pour une fille complètement inconstante, une souffleuse de chauds-froids gênants. Gavroche m'a mis un énorme coup de pression pour que je revienne de vacances avec le scénario terminé. En rentrant du lycée, je me suis connectée à Instagram par réflexe et ça a réactivé mon compte.

Demain je pars dans le Loir-et-Cher pour quinze jours.

Pourquoi mes parents mettent-ils un point d'honneur à détruire ma vie ?

Samedi 23

Cauchemar !!!!

J'ai oublié mon chargeur à Maisons-Alfort, je m'en suis rendu compte alors qu'on était déjà à Étampes dans la boulangerie où on s'arrête toujours pour acheter du pain (l'obsession de mon père : « On a du pain pour ce soir ? »). Et bien sûr, il n'y a que mon chargeur d'occasion qui marche sur ce téléphone tout pourri donc on ne peut même pas en racheter un pour me dépanner. Il s'est éteint tout de suite après Janville. Non, mes parents ne prennent jamais l'autoroute, « trop cher et sans le charme des petites routes ». Je vais devoir passer quinze jours sans téléphone, j'ai envie de tout péter. J'ai fait la gueule pendant tout le voyage et quand on est arrivés chez ma tante Jojo qui fume trop de clopes, elle m'a dit que je pouvais utiliser le téléphone fixe autant que je voulais. Je sais que ça partait d'un bon sentiment, mais c'est à côté de la plaque, c'est comme donner un After Eight à un enfant qui réclame un Kinder, ça fout la haine.

On a passé la soirée devant la télé. On a tout enchaîné, « Familles nombreuses : la vie en XXL », « Questions pour un champion » puis « N'oublions pas les paroles ». Je me suis gavée de biscuits apéro tout du long. J'avais du sel plein les doigts, ça m'a permis d'oublier. Alors que je me sentais un peu mieux, j'ai eu un flash de la mère de Mehdi en train de relever le courrier et de trouver ma lettre. Je suis allée me coucher.

Lundi 25

Je crois que je fais une overdose de Nagui.

Mercredi 27

Ma famille est tellement vieille que ma tante m'a filé une machine à écrire pour m'amuser. J'ai trouvé ça cool. Je vais faire mon scénario dessus, à la Françoise Sagan !

Jeudi 28

Furieuse envie de scroller. De me prendre un gros shoot de pub So Shape, de merchandisings féministes avec des broderies en forme de clitoris, de poké bowls aux couleurs saturées et de photos de vacances à Dubai. Est-ce que Google va penser que je suis morte après tout ce temps sans scrolling ?

Vendredi 29

Ma tante m'a demandé des nouvelles de Lucie. Je lui ai dit qu'on n'était plus amies depuis qu'elle sortait avec un mec horrible. Elle a trouvé que c'était dommage et m'a raconté qu'à son adolescence, elle draguait un garçon dont sa meilleure amie était aussi amoureuse. Elle avait accepté de renoncer à cette histoire d'amour pour préserver son amitié avec cette fille. Entre deux taffes de Winston rouges, elle a conclu qu'elle avait bien fait finalement car elles étaient toujours amies aujourd'hui alors que ce garçon avait disparu de leurs vies depuis longtemps.

Samedi 30

Face à l'ennui, j'ai décidé de me lancer à corps perdu dans l'écriture pour ne pas revenir bredouille devant Gavroche.

EN MODE VOILÀ QUOI

Un script de Louise Berthier

SEQ. 1 INT JOUR CANTINE DU LYCÉE EUGÈNE-DELACROIX

Luce et Loulou font glisser leurs plateaux sur le rail de la cantine. M. Pain se tient debout derrière son grand bac à petits pains.

LOULOU
(à M. Pain)
Bonjour monsieur Pain, je pourrais avoir
deux pains s'il vous plaît ?

MONSIEUR PAIN
Non.

LUCE
(reprend la conversation comme si elle n'avait jamais été interrompue)
Non mais en mode t'sais.

LOULOU
Ouais nan mais grave.

LUCE
Bref c'est abusé.

LOULOU
De ouf.

LUCE
Si je trouve pas un cavalier pour le bal de fin d'année, c'est la hess.

LOULOU
Tu pourrais y aller avec moi !

LUCE
Nan c'est cringe de ouf !

LOULOU
Ouais de ouf.

Soudain, les deux comparses arrivent devant le stand des desserts. Il ne reste plus qu'un seul paris-brest.

LUCE
Non mais vas-y, prends-le, genre, en fait.

LOULOU
Non mais toi vas-y, prends-le.

LUCE
Non mais au calme, prends-le genre ah ouais.

LOULOU

Mon amitié pour toi vaut mille paris-brest, il n'aurait aucun goût si je t'en savais privée, ma sœur.

LUCE

Tu fais v'là les manières *miskina*, mais merci je le prends avec plaisir même.

Alors que Luce tend sa main pour prendre la petite assiette à dessert, une autre main plus potelée apparaît à l'écran pour se saisir du réceptacle au même moment. Il s'agit de Jérémy, de loin le garçon le plus moche de l'école !

JÉRÉMY

Pardon non mais pardon, prends-le, je m'excuse, enfin je te prie de bien vouloir m'excuser, enfin voilà quoi pardon.

LUCE

Nan mais vas-y, tranquille, je te le laisse !

JÉRÉMY

Non, j'sais pas, t'étais avant moi dans la file. C'est normal que tu le prennes.

LUCE

Je te le donne wesh en fait.

Gros plan sur Jérémy en mode minable.

JÉRÉMY

Merci beaucoup, t'es trop sympa, c'est adorable de ta part. Personne ne m'avait jamais accordé

autant d'attention depuis des années.
Je n'en reviens tout simplement pas.
Moi, Jérémy, je me vois offrir un précieux
et délicieux gâteau à la crème praliné,
c'est tout bonnement le plus beau jour de ma vie.
Est-ce que tu veux m'accompagner au bal du lycée ?

LUCE

Ah ouais toi t'es... en mode voilà quoi...

Loulou tchipe.

SEQ. 2 INT JOUR CUISINE DE LA CANTINE

M. Pain traverse les cuisines en direction des gros frigos industriels, pète puis ouvre le frigo où des centaines de milliers de paris-brest reposent tranquillement. Il rit comme un démon. On aperçoit Yasmina au second plan.

SEQ. 3 INT JOUR CANTINE DU LYCÉE

Luce et Loulou sont attablées face à face.

LOULOU

Je te l'ai filé, c'est pas pour le donner à n'importe qui ! Sinon je l'aurais gardé, t'es conne ou quoi ?

LUCE

À partir du moment où tu me le donnes, il est à moi, j'en fais ce que je veux ah wesh !

LOULOU

On aurait pu le couper en deux.

LUCE

T'as qu'à t'en acheter un à la boulangerie si c'est si indispensable ma parole elle est folle elle.

LOULOU

Tu dis ça parce que toi t'es riche, t'as tout ce que tu veux, sale bourge !

Loulou se lève, furieuse et se dirige vers l'endroit où il faut ranger son plateau sale, quand elle percute quelqu'un dans un énorme fracas de restes de gratin de chou-fleur et de poireau vinaigrette. C'est Madjid, le nouveau mec de première trop beau que tout le monde convoite. Une légère brise traverse ses cheveux. Loulou est ébahie par tant de beauté, reste bloquée la bouche ouverte.

MADJID

Wow pardon, je vais t'aider à ramasser.

LOULOU

Non non laisse, je...

Elle s'accroupit pour ramasser le paris-brest de Madjid qui est miraculeusement resté intact dans l'impact.

MADJID

Il a eu chaud celui-là. Si tu veux, il est à toi.

LOULOU

Tu veux me donner ton paris-brest ?

MADJID

Oui, en effet, je te l'offre.

Yasmina arrive dans la conversation.

YASMINA

Madjid, qu'est-ce que tu fais ? Nous n'avons pas une minute à perdre han. L'organisation du bal de promo prend du retard, alors qu'il aura lieu demain soir comme tu le sais déjà probablement han.

MADJID

Alright ! Bye Loulou !

LOULOU

(en aparté)

Il connaît mon nom...

SEQ. 4 EXT JOUR COURS DE RÉCRÉATION

Alors que Loulou mange son paris-brest, seule, sur le banc des bannis, elle réfléchit au sens de la vie.

LOULOU

(se parlant à elle-même)

Bien maudite soit ma personne qui n'a pas su voir la valeur de l'amitié quand il en était encore temps.

Sa solitude est interrompue par l'arrivée de Yasmina qui n'a que faire de ses complaintes.

YASMINA

Loulou han ? C'est Loulou c'est ça ? Écoute, on a besoin de quelqu'un qui sache écrire, une Françoise Sagan han, une Balzac tu vois. Tu vois han ?

LOULOU

Euh bah ouais oui ouais !

YASMINA

OK alors on a pensé à toi pour assurer le discours d'annonce du roi et la reine du bal de promo han.

LOULOU

Moi ? Je suis tout simplement honorée,
c'est ce qui manquait à mon développement
pour assumer qui j'étais et m'ouvrir au monde !
C'est merveilleux.

Avant qu'elle ait fini sa magnifique et touchante tirade, Yasmina est déjà partie, lui répliquant de loin « Ouais super han ».

SEQ. 5 INT NUIT CANTINE DU LYCÉE

La cantine a été décorée pour ressembler à un bal de promo américain mais avec des moyens français. C'est-à-dire, rien de spécial. Juste les tables poussées contre les murs.

SEQ. 6 INT NUIT CANTINE DU LYCÉE

Plus tard dans la soirée. La fête bat son plein. Loulou danse toute seule au milieu de la piste, quand Luce et Jérémy font leur entrée dans le bal dans l'indifférence générale, mais pas celle de Loulou, qui tente de lui faire coucou. Luce fronce les sourcils de colère. Ce n'est pas gagné pour notre bonne Loulou.

SEQ. 7 INT NUIT CANTINE DU LYCÉE

Yasmina se tient debout sur la scène (qui est en fait une table de cantine tout à fait standard). Elle parle au micro avec l'assurance qui la caractérise.

YASMINA

Bonsoir à tous, il est maintenant temps de passer
à ce que vous attendez tous :
l'élection du roi et de la reine du bal !

Ambiance de ouf.

YASMINA

Pour clôturer cette année et vous annoncer
le résultat, j'ai l'honneur d'accueillir celle que vous
avez tous sous-estimée, notamment en l'appelant
« Peau de poulet » alors que c'est une autrice
de génie et une personne formidable et hilarante
(les mots me manquent pour dire tout le bien
que je pense de cette personne exceptionnelle).
Il s'agit de Loulou !
À toi Loulou !

Loulou rejoint Yasmina et se saisit du micro. Elle tient dans ses mains l'enveloppe qui contient le résultat.

LOULOU

(mollement, pas sûre d'elle)
Hello.

Gros larsen, cris horrifiés de l'assistance, puis silence de mort.

LOULOU

(avec le ton des intervenants TEDx)
Imaginez un monde où nous serions tous...

Quelqu'un crie « Ta gueule » dans l'assistance.

LOULOU

OK OK, je... je vais directement ouvrir l'enveloppe. Je... Je voulais juste vous dire que j'espérais que vous aviez voté avec votre cœur pour ne pas élire la reine et le roi du Mal, mais bien la reine et le roi du bal.

Une personne crie « Ouais elle a raison ! », une autre s'exclame « De ouf ! ».

LOULOU

Le roi et la reine du bal sont...

Loulou ouvre l'enveloppe, lit le résultat.

LOULOU

LUCE ET JÉRÉMY !!! Bravo à eux !!

La foule les acclame dans une ambiance de folie. Yasmina fait exploser un canon à cotillons de chez Party Fiesta, bien que le magasin ait refusé d'être partenaire de l'événement. Le roi et la reine de la soirée font une danse pataude au milieu de la piste pour célébrer leur victoire. Loulou, terrassée par l'émotion, s'évanouit et manque de tomber du haut de la table sur laquelle elle était jusque-là perchée. Heureusement, elle est réceptionnée par Madjid, le mec de première trop beau gosse, que tout le monde convoite !

MADJID

Qu'on lui apporte une sucrerie !! Vite !! Mais bougez-vous ! Je ne veux pas perdre l'amour de ma vie, à cause d'une hypoglycémie...

JÉRÉMY

Hélas, il n'y a plus rien à manger et ce depuis des heures !! Loulou va mourir !

YASMINA

(on l'entend mais on ne la voit pas)

ATTENDEZ !!!!

Tous les regards se tournent vers elle et on la découvre portant, à bout de bras, une énorme grille de frigo industrielle couverte d'une centaine de paris-brest.

YASMINA

C'est une centaine de paris-brest que M. Pain a cachés pour les manger chez lui avec son chien ! Il y en aurait eu pour tout le monde hier, au premier comme au deuxième service ! Non mais vous imaginez le scandale han ?

Tous les élèves se tournent vers M. Pain et le huent. Il disparaît, écrasé par la honte.

SEQ. 8 INT NUIT CANTINE DU LYCÉE

Alors que Madjid et Loulou dansent tendrement et que tous les PNJ autour mangent des paris-brest goulûment, Luce trouve l'enveloppe avec les résultats du vote et découvre que c'est Loulou et Madjid qui auraient dû être élus. Elle se rend compte de la valeur de son amie ainsi que de sa grande bravoure.

LUCE

Je me rends compte maintenant de la valeur de mon amie et de sa grande bravoure.

Elle se dirige immédiatement vers Loulou en courant à pleins poumons. Madjid et Luce parlent en même temps.

LUCE ET MADJID

Je t'aime Loulou !

Devant cette scène comique de ouf, tous les élèves s'esclaffent, d'un rire tellement sonore qu'il résonne encore jusqu'aux confins de la galaxie.

FIN

MAI

Déflagration

Samedi 7

Voilà, c'est pas du Balzac mais bon. Enfin, je ne sais pas, je n'ai jamais fini ses livres. J'ai tout mis dans ce texte, je suis allée puiser au fond de mes tripes. J'ai évidemment changé les prénoms des gens qui m'ont inspirée. L'écriture de cette œuvre aura occupé toutes mes vacances. Cet exil loin de la civilisation et de mon précieux téléphone aura été bénéfique finalement.

Hormis cette prouesse scénaristique, rien de spécial durant ce séjour :

– Petit clash à l'apéro, il y a quelques jours. Ma tante a trouvé que mes parents critiquaient trop leur cousine, elle ne supportait plus cette négativité. Si on peut plus critiquer les autres, c'est dur de s'amuser. Mais bon, j'entends.

– Un voisin agriculteur, Michel, est passé pour raconter des histoires sordides comme il le fait souvent. Il a dit qu'une année, des enfants du voisinage étaient allés jouer à cache-cache dans le champ de blé derrière leur maison et qu'ils n'étaient pas revenus le soir. Leurs parents les ont cherchés toute la soirée, et le lendemain, en faisant une ronde, ils ont vu des bras sortir des ballots de paille dans le champ. Je crois que j'y penserai toute ma vie quand je verrai des beaux champs de blé. Le rôle de Michel dans notre société, c'est de la rendre un peu moins rose, voire horrible.

– Ma mère s'est acheté un pantacourt chez Pantashop.

– J'ai eu des nouvelles bottines en cuir noir de chez Chaussea.

Demain, on rentre à Maisons-Alfort. Je tremble à l'idée de retourner au lycée et d'être confrontée à Mehdi.

Dimanche 8

J'ai eu la sensation que mon cœur se soulevait comme si je sautais dans le vide, plusieurs fois pendant le trajet, lorsque je pensais au moment où j'allais rallumer mon téléphone et découvrir un message de Mehdi, ou pire, ne pas en découvrir !

En arrivant dans notre immeuble, j'ai été super agressive avec ma mère parce qu'elle a voulu récupérer le courrier avant d'ouvrir l'appartement. Elle m'a donné les clés pour que je monte directement. J'ai couru dans ma chambre et j'ai branché mon portable qui a mis mille ans à s'allumer. J'ai cru qu'il allait exploser sous le poids de la reprise d'activité après quinze jours de repos. Il était d'une lenteur absolue, j'ai failli l'éclater contre le mur mais je me suis abstenue car il ne charge que si le câble est dans une certaine position, ça me rend dingue. Je me suis donc contorsionnée pour assister à l'arrivée une par une des notifications, toutes moins intéressantes les unes que les autres. En plus des cinquante mails Zalando, H&M, ASOS, etc, j'avais des alertes Google Actualités sur la doyenne du monde qui, apparemment, buvait encore du porto malgré ses cent dix-huit ans, quand ma mère a débarqué en brandissant une lettre pour moi dont je ne reconnaissais pas l'écriture !

C'était Mehdi !!!!!

Slt Louise

Faut que jte di la vérité ta lettre elle ma trop touché c 1 truc de fou. g voulu t'embrasser depui le jour où jté montré ma chambre, mais tu m'impresione ^^ comme jte dis g jamais rencontré une fille comme toi. J'aime tout ché toi, ton ouverture d'esprit, par exemple t la seule fille qui est allée vers Jessica sans la juger sur son physique ou koi. Est-ce que tu voudrais qu'on se capte pdt les vac ?

jte laisse me dir. Bisous

Mehdi.

WOW. Quand j'ai lu ça, j'ai fixé le mur au moins cinq minutes l'air béat. J'étais la plus heureuse. Il m'a répondu, il veut me voir, il veut m'embrasser depuis le premier jour.

Je ne peux pas le croire. Je suis tellement débile de ne pas lui avoir dit simplement que je partais de Paris pour les vacances. Ce que la vie est simple parfois !!! C'est le bonheur absolu, je suis au max du top là ! Je suis la star du *movie*, YEAH !!!

Par contre, wow, il écrit comme un énorme sagouin quoi !! Oh Lord.

En y repensant, je n'ai jamais lu quelque chose de sa part, hormis son « trop *cute* ». J'ai eu l'impression de l'aimer un peu moins en découvrant qu'il ne savait pas écrire sans que ce soit blindé de fautes. Mon téléphone m'a rappelée à l'ordre en sonnant sans arrêt pour me notifier tous les messages privés que j'avais reçus ces quinze derniers jours. Ils étaient principalement de Mehdi, jour après jour :

— On se voit demain ?
— T'as reçu ma letre ?
— t sérieuse ? en fait t avec gustave ?
— bref tanpi
— dommage
—…
— t mort ?

Le « dommage » m'a tordu le cœur. Je l'ai imaginé déçu dans son lit face à son tag à la Valérie Damidot et j'ai eu envie de lui faire un câlin. Il est trop beau, Mehdi, c'est l'homme de ma vie. Je lui ai répondu direct :

Mehdi, j'étais en vacances dans un trou à rat
sans téléphone ces quinze derniers jours !
Tu fais quoi là tout de suite ? T'es où ? On se rejoint ?

Il m'a répondu illico, il était au stade Delaune sur la piste d'athlétisme en train de faire du running. Je l'ai rejoint immédiatement. Quand je suis arrivée, il était au milieu du terrain de foot, en train de s'étirer. J'ai marché vers lui et au bout de quelques secondes, il m'a aperçue. Je lui ai fait coucou et on s'est mis à courir l'un vers l'autre. Quand on a été en face l'un de l'autre, on s'est sauté dans les bras et il m'a embrassée puis il a commencé à pleuvoir. C'était super romantique... j'dec, en fait il n'a jamais répondu à mon SMS, et je suis restée chez moi à faire des lessives parce que toutes mes fringues sentaient le vieux moisi de la maison de campagne. J'ai vraiment la haine que Jessica ait parlé de Gustave à Mehdi, elle est conne ou quoi ? Elle me fout la mort.

Lundi 9

J'étais trop pressée de faire lire le scénario à Gavroche, je voulais absolument la trouver avant le premier cours pour le lui donner en main propre. Quand je l'ai aperçue au bout du couloir, j'ai couru vers elle, puis suis tout de suite repartie parce que je ne voulais surtout pas qu'elle le lise en ma présence. Je n'ai pas croisé Mehdi de la journée. Comme toujours le lundi. Plutôt crever que de renvoyer un message en premier.

Bon...

... en fait...
Je lui ai envoyé un message :

Tu vas t'habiller comment pour la traversée du couloir du mardi ?

Il ne m'a pas répondu. Il n'a même pas dû comprendre. Je suis vraiment une crotte, faut me composter.

Mardi 10

À la pause du cours de maths, je suis restée dans la salle. J'avais trop honte pour sortir de ma tanière. Mais mon téléphone a vibré et un message de Mehdi est apparu. Je tremblais de tout mon être, j'ai cru que mon cœur allait exploser. Il disait :

Bah vien voir.

J'ai sauté de ma chaise. Elle est tombée. M. Israël a dit : « Allons bon ! Quel fracas, faites un peu attention mademoiselle Berthier. » Il est né au siècle dernier ce type, il fait pas semblant. Qu'à cela ne tienne, j'ai continué ma course. J'ai fait un dérapage contrôlé en sortant et j'ai sprinté dans le couloir pour arriver devant sa classe... où il n'était pas. J'ai pensé à une mauvaise blague, mon sang n'a fait qu'un tour, je me suis refait le film de ces derniers mois, et à la *Usual Suspects* j'en suis venue à la conclusion que, sans nul doute, tous les éléments étaient là sous mes yeux, depuis le début, pour me faire comprendre qu'il se foutait de ma gueule, mais mon téléphone a vibré. Encore un message de lui :

Regarde part la fenêtre !

J'ai tourné la tête et à travers la baie vitrée qui donne sur la cour, je l'ai vu qui regardait dans ma direction et à ses pieds, il y avait des pancartes.

LOUISE

JE TE FAIS LE COUP
DES PANCARTES
RINGARDES

NE T'INQUIÈTE PAS

IL N'Y EN A PAS
BEAUCOUP

PARCE QUE J'ME TAPE
UN PEU LA HONT

D'AILLEURS !

EST CE QUE TU PEUX
JUSTE DESCENDRE,
EN FAIT ?

Bon en vrai, ce n'était pas aussi fluide. Elles sont toutes tombées à un moment pendant le happening à cause d'un mec qui lui est rentré dedans sans le voir. Il a dû les ramasser laborieusement puis tout reprendre depuis le début. Les pancartes n'étaient plus dans le bon ordre mais j'ai saisi l'idée dans les grandes lignes. Je n'ai jamais descendu les marches du lycée aussi vite. Quand on s'est retrouvés, on s'est pris les mains et on s'est regardés longtemps en souriant. Pour la première fois de ma vie, je n'étais pas mal à l'aise. Il était vraiment trop beau. Je le lui ai dit. On était trop heureux tous les deux. On s'est embrassés bien sûr. C'était génial. Je ne suis jamais retournée au cours de maths. On a séché tous les cours et on a marché toute la journée. On a longé la Seine jusqu'au gymnase Tony-Parker. J'ai appris plein d'histoires sur lui (Mehdi, pas Tony Parker). Notamment qu'il a passé une grande partie de son enfance en Angleterre, que c'est pour ça qu'il est sensible à l'humour anglais et qu'il fait plein de fautes en français. Je l'ai aimé encore plus. Je suis trop heureuse. Mehdi est parfait.

PS : Je vis un tournant majeur de mon existence.

Vendredi 13

La nouvelle que nous sommes en couple a bien sûr fait le tour du lycée en deux secondes. Jessica était trop contente pour moi, enfin pour nous. D'ailleurs, c'est elle qui a aidé Mehdi à écrire les pancartes sans fautes. C'est vraiment mon amie. Je l'aime. Bêtement, j'avais peur qu'elle soit amoureuse de lui, parce qu'avec ses gros seins tout ronds je n'aurais pas pu lutter. Elle m'a dit qu'elle s'en doutait depuis le début et qu'elle avait motivé Mehdi à se bouger pour moi. Après, je suis allée au cours de Gavroche main dans la main avec Philippe. J'dec, avec Mehdi bien sûr. J'appréhendais car tout le monde allait découvrir mon scénario. Finalement, ça s'est bien passé car beaucoup de personnes ont été mises à contribution pour lire les différents rôles et elles étaient trop humiliées par leur façon de lire à voix haute pour prendre le temps de juger de la qualité de mon texte. C'était niveau CP en interprétation, j'étais affligée. Gavroche m'a confié la lecture des didascalies. J'ai tenté de rythmer un peu le show en y mettant du cœur, néanmoins il n'y a eu aucun rire après ma dernière phrase :

d'un rire tellement sonore, qu'il résonne encore jusqu'aux confins de la galaxie.

En réalité, il y a même eu un silence de plusieurs longues secondes. Puis la prof a ajouté : « Est-ce que quelqu'un d'autre a écrit quelque chose pendant les vacances ? » Il y a eu un un autre blanc. Puis, elle a fini l'heure par un laïus sur la catharsis.

Samedi 14

Je viens de vivre les deux jours les plus merveilleux de ma vie. On s'embrasse sans arrêt. J'ai l'impression que son odeur s'est imprimée sur moi tellement on est tout le temps collés l'un à l'autre. Je suis si contente que je ne peux plus manger, c'est désormais la joie qui m'alimente. Enfin à part hier midi, quand j'ai réalisé mon rêve : manger au Pizza Hut de Créteil-Saint-Maur avec mon mec en mode pizza pan en buffet à volonté. J'aurais aimé tout raconter à Lucie.

Lundi 16

Aujourd'hui, au lycée, c'était la Journée contre le harcèlement qui, concrètement, était plutôt deux heures contre le harcèlement. Ça a commencé par le visionnage d'un film minable de sensibilisation fait par des collégiens en région. Avant ça, on a passé trente minutes à regarder Herr Galine qui cherchait la télécommande, puis des piles pour la télécommande, puis la BONNE télécommande, qui heureusement, elle, avait des piles qui fonctionnaient. Franchement, le film était pathétique, j'espère que le nôtre sera mieux. Tout le monde jouait mal. On avait l'impression que le réalisateur les tenait en joue pour qu'ils continuent la scène coûte que coûte.

Après ça, la classe a été séparée en deux groupes pour « libérer la parole » plus facilement. On a parlé du harcèlement scolaire, j'ai hésité à évoquer la période où tout le monde me surnommait « Peau de poulet », car j'avais envie qu'on me plaigne et que certaines personnes se sentent coupables. Mais comme le hasard a fait que mon demi-groupe était composé majoritairement de filles, on a beaucoup plus parlé du harcèlement qu'on subissait à l'extérieur de l'école, dans la rue. On avait toutes plusieurs histoires glauques à raconter, c'était dingue. Je pensais que la mienne avec le mec qui a sorti sa bite dans la voiture sous le pont remporterait la palme, mais il y en a eu au moins dix pires que celle-là. À la fin de la séance, j'étais rassurée de me rendre compte que ce n'était pas normal qu'on subisse toutes ces agressions quotidiennes et qu'à nous toutes, on formait une équipe.

À la pause déj, j'ai rejoint Mehdi pour aller manger au Star Kebab 2, le grec le plus près du lycée sur la nationale. C'est un vrai prince, il a pris nos deux sandwichs sur son plateau pour les apporter à table.

Pendant le dernier cours de la journée, un pion, Samuel[1], est venu dans la classe pour m'annoncer que j'étais convoquée chez la CPE demain à 10 heures. En réfléchissant, je me suis demandé ce qui avait bien pu être raconté dans l'autre groupe. J'étais trop stressée pour voir Mehdi. Après les cours et de toute façon, je n'ai pas le droit de sortir les soirs en semaine. Je ne suis pas Jessica.

Mardi 17

En arrivant dans le bureau de la CPE, j'ai vu Jérôme assis devant son bureau. J'ai tout de suite compris. Au fond de moi, je m'en doutais. Je ne voulais pas me l'avouer pour avoir la force d'aller au rendez-vous. J'étais un peu en avance mais je me suis quand même présentée directement. La CPE a demandé à Jérôme d'attendre dans une pièce à

1. Ou peut-être Grégory, je sais plus.

côté pendant qu'elle s'entretiendrait avec moi. Je sentais mes jambes se dérober sous mon poids. En croisant Jérôme, j'ai dit : « Bonjour, salut » mais il n'a pas levé les yeux et n'a même pas répondu. Je me suis sentie mal.

Je me suis assise et la CPE, Mme Chambon, m'a demandé si je savais pourquoi j'étais là. Je me suis mise à chialer. Je n'ai pas du tout fait la maline. Je lui ai dit que quelque fois, j'ai pu être un peu désagréable avec Jérôme. Son téléphone a sonné, Chambon a décroché et a dit : « Très bien, OK Sabine, je vous l'envoie. » Elle a raccroché puis elle m'a annoncé que le proviseur était prêt à me recevoir. Je me suis à nouveau écroulée en larmes. Chambon m'a tendu un mouchoir et m'a ordonné de garder un peu de dignité en m'appelant par mon nom de famille. J'avais l'impression d'être une détenue. Sabine, la sous-fifre de Mme Chambon, m'a escortée jusqu'à l'étage de l'administration puis a rebroussé chemin. J'étais Frodon Sacquet, en mode : « C'est bon, on aperçoit le Mordor, tu peux finir la route toute seule et accomplir ta destinée. »

J'ai poussé les portes coupe-feu qui protègent les puissants du lycée de la plèbe, avec difficulté, car je n'avais plus aucune force dans les bras. Là, j'ai découvert le monde cosy de l'administration et son mobilier *seventies*. Il y avait plusieurs grosses dames avec des lunettes demi-lunes reliées à des cordons passés autour de leur cou qui faisaient des photocopies dans un calme délicieux. Il faisait beaucoup plus chaud que dans les couloirs du lycée et la moquette était moelleuse, ça donnait presque envie d'enlever ses chaussures. Ça sentait extrêmement fort le café, c'était réconfortant, comme quand on entre dans un Starbucks. Personne ne prêtait attention à moi.

Au bout du couloir, j'ai aperçu le bureau du proviseur. J'ai pris une grande inspiration, j'ai marché très vite et j'ai toqué à sa porte sans réfléchir. J'ai entendu le « Oui, entrez » le plus énergique et le plus autoritaire de toute ma vie. J'ai cru que j'allais m'évanouir mais M. Schneider m'a bien fait comprendre que je n'étais pas la victime de l'histoire et m'a priée de m'asseoir au plus vite sur la chaise (molletonnée) devant son bureau. À partir de là, ça a été un véritable cauchemar, il laissait des silences éloquents pour que je me sente mal. Ça marchait super bien, c'est vraiment un professionnel. Il m'a refait la méthode Chambon avec son « J'imagine que vous savez pourquoi vous êtes là ? » puis silence éloquent. J'ai commencé à m'excuser et à fondre en larmes comme une crotte. Il m'a reprise et m'a énuméré tout ce que Jérôme me reprochait. Il y avait beaucoup d'éléments, certains dont je ne me souvenais même pas, d'autres dont je n'ai, bien entendu, jamais parlé dans ce journal. Je devais répondre de mes actes par oui ou par non. Il m'a enchaînée :

— Vous vous amusez très régulièrement à taper sur l'épaule de Jérôme Abittan du côté où vous ne vous trouvez pas pour qu'il se retourne, ne trouve personne, et se sente bête ? « Très régulièrement » signifiant : systématiquement dans la file de la cantine, très souvent pendant l'attente avant d'entrer en classe, et quelques fois pendant la pause de 10 heures dans la cour du lycée ? Oui ou non ?

« Vous avez mis en scène une vidéo sur l'application TikTok qui montre l'arrivée en classe et les différentes tenues de Jérôme Abittan jour après jour, et qui a été vue plus de trois cent mille fois à ce jour ? Oui ou non ?

« L'année dernière, vous avez signé une pétition pour que Jérôme Abittan soit exclu de la classe ? Pétition qui a également été signée par Hitler, Jésus et... moi-même ? C'est d'un goût... C'est quand même un comportement de collégien de faire ça Louise, grandissez un peu. Vous l'avez signée oui ou non ?

En entendant tout ça, je ne savais plus où me mettre. Je n'arrivais plus à affronter son regard. Je baissais la tête en sanglotant, je fixais la moquette marron de son bureau en me disant que je donnerais tout pour avoir la faculté, là tout de suite, de me transformer en flaque et de disparaître dans les fibres du sol. J'étais minable, écrasée par la honte. J'ai repensé à toutes les fois où je me suis acharnée sur lui. Comment j'ai pu faire ça ? Si on m'avait raconté tous ces méfaits sur quelqu'un d'autre, j'aurais trouvé cette personne horrible, odieuse, à haïr. Mais on parlait bien de moi. Je n'avais pas mesuré la portée de mes actes et l'étendue des dégâts que j'avais causés. Pour moi, ce n'étaient que des blagues, j'étais consciente que ce n'était pas très vertueux d'agir comme ça mais j'avais le sentiment que tout le monde se conduisait ainsi avec Jérôme. J'avais suivi un mouvement que je n'avais pas initié. Pourtant on me désignait comme seule responsable ! J'avais l'impression que c'était le fonctionnement normal àl'école : tu prends, tu donnes. Moi aussi, on m'a traitée de « Peau de poulet » pendant des semaines. On m'a surnommée « Laure Manaudou ». On m'a humiliée. J'ai passé des soirées à pleurer dans ma chambre, à penser que je ne trouverais jamais la force de retourner en cours le lendemain, à imaginer toutes les solutions qui s'offraient à moi pour arrêter ce massacre.

Après, j'ai été confrontée à Jérôme et j'ai dû m'excuser. Il jubilait un peu. Moi, je pleurais comme une méga-merde. Je n'avais aucune excuse. Je n'ai rien dit pour ma défense. Enfin, j'ai quand même expliqué que j'étais triste d'avoir perdu ma meilleure amie Lucie et que, comme tout le monde victimisait déjà Jérôme, j'avais l'impression qu'il le cherchait un peu, voire qu'il aimait ça, enfin, que c'était presque un jeu entre nous. C'est vrai, que je pense ça, enfin que je pensais ça.

Il a dit que Lucie aussi était triste. Je ne pouvais plus m'arrêter de pleurer. Puis Jérôme est parti et Schneider a appelé mes parents pour les prévenir que je serais exclue du lycée deux jours la semaine prochaine, qu'ils allaient recevoir un courrier qu'ils devraient signer.

Après ça, j'étais censée retourner en classe comme si de rien n'était. Je n'ai pas eu le courage d'affronter les autres. J'ai passé l'après-midi à réfléchir à ce que je pourrais dire à mon père pour justifier ce désastre. Je marchais mollement, la mort dans l'âme, quand j'ai entendu quelqu'un qui m'appelait dans mon dos. Je me suis retournée et c'était Jessica. Purée, j'étais trop contente de la voir. J'ai fondu en larmes et elle m'a prise dans ses bras.

Elle a décidé de sécher avec moi. On a zoné toute la journée sur les bords de Marne en buvant des canettes de Monster Energy verte. Je lui ai raconté toute l'histoire en détail. Lucie, sa couette en gaze de coton, son père qui secoue la voisine, « Peau de poulet », la chasse au trésor, Jérôme, Tik-Tok, Chambon, Schneider. Sa seule réaction a été : « Mais nan ? Trois cent mille vues ? C'est maboul[1]. » Puis elle a percuté : « Ah ouais mais en fait, Luce c'est Lucie dans ton film han. » Elle trouvait que ce film écrit pour elle était une belle façon de s'excuser et qu'il fallait absolument qu'elle le voie. Bon, je n'avais même pas réalisé que ce film était POUR Lucie, mais c'est vrai que si elle le voyait elle me pardonnerait peut-être ? Jessica était tellement gentille bien que tout soit contre moi que j'ai décidé de lui avouer le surnom qu'on lui donnait pendant des années pour qu'elle soit bien consciente de la moralité de la personne à qui elle pardonne tout. Elle a éclaté de rire et je me suis remise à pleurer. J'ai le sentiment d'être une boule de poussière de haine qu'il faut aspirer au plus vite pour l'empêcher de nuire.

Je suis rentrée chez moi terrifiée à l'idée d'affronter mes parents. Mais ils ne m'ont rien dit, c'était pire que tout. Je suis allée dans ma chambre, puis ils ne m'ont simplement jamais invitée à venir à table alors que ça sentait bon l'osso buco. Je me suis endormie à 21 heures, j'étais abattue de fatigue et de honte.

Je suis la méchante du film.

1. J'ai décidé d'intégrer l'expression « C'est maboul » à mon vocabulaire de base.

Mercredi 18

Je suis censée aller en cours avant mes deux jours d'exclusion. Tout le monde va être au courant... Mehdi a essayé de m'appeler plusieurs fois mais je n'ai pas décroché, j'avais trop honte. Heureusement, je me suis réveillée avec la gorge en feu et de la fièvre. Ma mère n'est pas allée au travail et m'a emmenée chez le médecin. J'ai une angine rouge. Est-ce que c'est une sorte de marque du diable ? En tout cas, mes parents m'ont confisqué mon téléphone et privé de sortie et d'affection.

Pour eux, l'iPhone et les réseaux sociaux sont les coupables numéro un. Ils se voilent la face, ils n'ont pas envie de voir que la vraie coupable, c'est moi. Ils ont créé un monstre. Ils m'ont bien habituée à critiquer tout le monde, à émettre un jugement le plus vite possible sur les moindres faits et gestes des autres comme si personne n'avait droit à l'erreur sauf moi.

Dans la voiture, en revenant du cabinet médical, ma mère a dit « Qu'est-ce qu'elle est vilaine la secrétaire ! » Je lui ai hurlé dessus. J'ai pété un câble. Toute ma vie, je les ai entendus baver sur les autres, être intolérants, fermés aux changements et aux erreurs des autres. Pas un seul trajet en voiture, après un dîner chez des amis ou en famille, n'a pas donné lieu à une séance de commentaires et de critiques assassines pour détricoter les moindres faits et gestes ou la petite incohérence de chacun des invités. J'ai l'impression que toute ma personnalité est basée sur cette faculté d'observation et de critique des autres qui m'oblige à constamment juger tout ce qui m'entoure avec le plus de sévérité et d'ironie possible, comme si j'étais un humain de qualité supérieure sans aucune tare. Putain, je me hais. J'ai l'impression d'avoir été fabriquée avec de la matière première daubée dans un moule en forme d'indignité. J'ai envie de me mettre des gros coups de poing dans le visage et de disparaître.

Ma mère n'a pas dit un mot après ma tirade. En rentrant, elle est allée relever le courrier et elle a remonté la lettre d'exclusion du lycée. On ne s'est plus parlé de la journée.

Jeudi 19

Le plus triste dans toute cette histoire, c'est que je vais rater le tournage du film de l'école la semaine prochaine. J'ai regardé RMC Découverte toute la journée. D'après eux, les extraterrestres pourraient être à l'origine de la construction des pyramides de Gizeh, j'ai l'impression d'avoir appris plus de choses aujourd'hui qu'en l'espace d'un mois au lycée.

Vendredi 20

Être à la maison à une heure de la semaine où je suis censée être à l'école m'a fait découvrir un coin ombragé de la carte de mon monde. Mon père est rentré tôt du travail comme il le fait souvent le vendredi. Je le savais mais je n'avais jamais assisté au rituel qui encadre ce moment. Il est arrivé avec une tablette de chocolat qu'il s'était achetée pour lui tout seul, d'une marque chère, que je ne vois jamais passer dans la boîte à chocolat familiale. Il l'a cassée en morceaux qu'il a disposés dans une petite assiette à dessert qu'il a placée sur la table basse du salon. Il a monopolisé le salon pour faire de la harpe laser. Il a baissé les persiennes pour être dans le noir et faire son Jean-Michel Jarre discount. Si l'enfer existe, c'est sans doute assez proche d'un vendredi après-midi dans mon appart. Sa musique est digne d'un cauchemar en 2D. Après, il a dû aller à la poste pour renvoyer ma lettre d'exclusion signée, j'ai bien fermé ma grosse gueule et je suis restée dans ma chambre.

Lundi 23

Je n'arrête pas de penser aux autres qui sont en train de tourner mon film. Je suis trop jalouse. Je ne suis même pas au courant du casting ! Ça me rend cinglée de ne plus avoir de téléphone.

Mardi 24

J'ai passé mes deux jours d'exclusion à faire des exercices de maths qui seront corrigés par Schneider en personne. Je sais très bien qu'il ne les lira même pas et que mon devoir va tomber dans les limbes de son bureau cosy. Mais la menace fonctionne quand même. Je suis trop disciplinée pour lui rendre quatre pages de n'importe quoi alors je les ai faits scrupuleusement. Je dois lui ça rendre demain. L'idée de retourner au lycée me fout les jetons.

Mercredi 25

Je suis allée au lycée sans mon téléphone, je me sentais à poil. Je suis sûre que ma mère flippe que je ne sois pas joignable, elle s'est vite accommodée au fait de pouvoir me fliquer constamment. Quand je suis arrivée sur le parvis, je sentais les regards sur moi. J'ai tenté de marcher fièrement à travers les couloirs. J'imagine que tout le monde a appris mon existence ces derniers jours et mon nom par la même occasion. « Peau de poulet » a un nom et c'est Louise Berthier, *bitches*.

En vrai, j'aurais préféré que personne ne sache mon nom. Heureusement, je n'avais cours que le matin, je suis allée déposer mes devoirs dans la boîte aux lettres de l'administration puis je suis quand même rentrée chez moi fissa, en baissant la tête, sans même croiser Mehdi. Je me demande s'il m'a écrit, ce qu'il pense, s'il voudra toujours me parler.

Jeudi 26

J'ai croisé Mehdi.

Il m'a dit qu'il était déçu et pense que ce serait mieux qu'on fasse une pause.

Voilà.

Mérité.

Sombre merde que je suis.

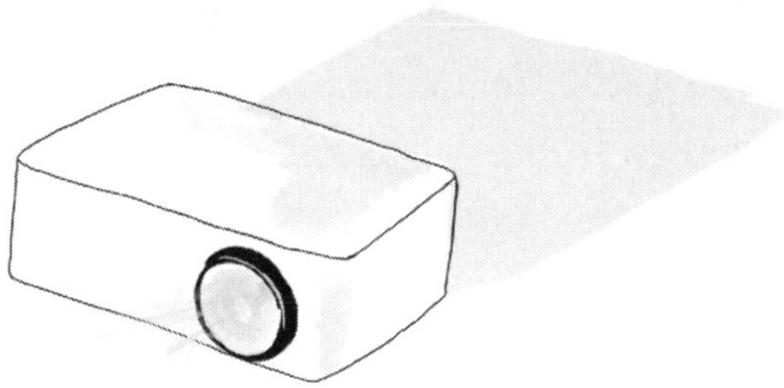

JUIN

Conclusion

Samedi 4

J'ai passé le reste de la semaine à zoner seule au CDI pendant les temps de pause et à éviter la cantine. Je ne veux pas empêcher Jessica de manger avec les autres, comme c'est la dernière personne qui accepte encore de me parler. Ce soir, j'ai regardé *Pirates des Caraïbes* avec mes parents. Quand il y a des scènes d'action, mon père a des spasmes d'autodéfense comme si c'était lui qu'on attaquait. Il est toujours à fond dedans comme un enfant qui saute partout après avoir vu *Yamakasi 2 : Les Fils du vent.* À la fin du film, j'avais le cafard en repensant à toutes les fois où on a mis la musique du film à fond dans le salon de Lucie pour sauter partout sur son canapé et nous battre avec des épées imaginaires. Je ne pouvais plus m'arrêter de pleurer. Ma mère m'a fait un câlin d'une demi-heure.

Mercredi 8

Je suis allée à Créteil Soleil avec ma mère. C'était trop bien, ça faisait une éternité. Il y avait une offre trois pour deux sur les maxi-pains au chocolat à la Mie Câline. J'ai dit banco. Au moment de payer, quelqu'un m'a dit : « Salut Louise. » J'ai sursauté ! C'était Jérôme. Je me suis décomposée. J'ai bafouillé un truc et j'ai dit « Euh si tu veux je te donne le troisième euh, on le mangera pas wesh. » J'ai vraiment dit wesh. C'est sorti de nulle part, je ne dis jamais ça. Il a d'abord refusé, et je me suis énervée en mode « BAH SI PRENDS-LE, JE TE LE DONNE » et il a répondu OK. Wow. Trop bizarre. Après il s'est cassé en disant « Bon, à plus. » : Trop bizarre, à sa place, je me serais ignorée si je m'étais croisée.

Vendredi 10

Premier cours de cinéma depuis la rupture[1]. J'ai séché celui de la semaine dernière. J'ai bien fait vu qu'ils ont passé la séance à débriefer le tournage et à pleurer de rire en regardant une première version du film montée par Gavroche. Ça me fout la haine. De toutes façons, je n'avais pas le courage d'affronter la présence de Mehdi. Quand on a séché une fois, c'est super simple les fois d'après. Il suffit de ne pas aller au lycée. Jessica sait faire des faux certificats médicaux qu'elle me file à foison. Quelle reine de la débrouillardise. Elle a tout compris, elle n'a pas besoin d'aller à l'école en fait.

Pour cette séance, Gavroche avait la flemme et on a regardé un film, enfin cinquante minutes d'un film dont on

1. Trop classe de dire le mot *rupture*, je me prends pour qui ?

ne verra probablement jamais la fin. C'était *Shutter Island* avec Leonardo DiCaprio. Quand ça a sonné, Gavroche a annoncé à la hâte qu'à cause des restrictions sanitaires, on ne pourrait pas faire une projection publique dans l'auditorium du lycée. Ce serait simplement entre nous, vendredi prochain en fin d'aprèm au CDI. Pas très Festival de Cannes comme ambiance. Je suis dégoûtée. Je pensais que tout le lycée verrait mon chef-d'œuvre dans l'auditorium, dont Lucie. Si elle ne le voit pas, j'aurais fait tout ça pour rien. Il faut que je l'invite à la projection.

Dimanche 12

Je n'ai toujours pas récupéré mon portable. J'ai commencé à rédiger une lettre pour Lucie pour l'inviter à la projection mais j'ai abandonné car si on s'imaginait que c'était une lettre de menace de mort, tous les mots résonnaient différemment, teinté d'un sous-texte inquiétant comme « Ce serait bien que tu viennes… ». Frisson de gêne. Horrible.

Lundi 13

J'ai pensé : que ferait James Cameron dans ma situation ? Il ferait *Terminator 2* même si le premier n'a pas marché. Je vais donc refaire une chasse au trésor pour Lucie qui la mènera à la projection du film qui lui est dédié.

Mercredi 15

Ma mère m'a demandé de l'accompagner sans râler au bureau de l'AGOSPAP. C'est le comité d'entreprise des hôpitaux de Paris. Ils ont un site mais elle préfère y aller physiquement car elle aime bien le « contact humain ». Elle veut retirer des places pour le spectacle de Gus l'illusionniste. À chaque fois, elle oublie le bon titre du spectacle qu'elle a elle-même choisi. Ça n'a pas loupé, quand on est arrivées au guichet elle a demandé des places pour « Gousse le trompettiste, attends non, c'est quoi déjà Louise ? ». J'ai soufflé fort. Elle a cent cinquante ans.

Jeudi 16

Je n'ai absolument rien écouté du cours sur les nombres imaginaires, déjà parce qu'on dirait une blague et aussi parce que j'ai passé l'après-midi à organiser la chasse au trésor. Je vais glisser le premier indice ce soir dans la boîte aux lettres de Lucie. Le stress monte. Jessica m'a aidée à scotcher les indices dans le lycée, trop sympa. Elle n'arrêtait pas de me dire qu'elle aurait trop aimé qu'on fasse ça pour elle et que j'étais super. Mais elle émettait des doutes sur la difficulté des indices. Je lui disais que c'étaient des références qu'on avait en commun et que ce n'était pas compréhensible pour tout le monde. En l'écrivant, ça me met le doute quand même. Mais bon.

J'ai demandé à Jessica pourquoi elle acceptait encore de me parler alors que j'étais *persona non grata* au lycée. Elle m'a répondu que beaucoup de gens avaient été secoués par le témoignage de Jérôme, que sa vie au lycée avait l'air horrible et que j'avais bien mérité ce qui m'arrivait. J'ai répondu que ça, c'était plutôt une raison pour ne plus m'adresser la parole. Elle m'a dit : « J'ai pas fini, t'es bête han ! » Elle a ajouté que j'étais la seule qui avait été pointée du doigt, pourtant j'étais loin d'être la seule coupable. J'ai pris pour tout le monde et elle m'a avoué qu'elle m'avait déjà surnommée « Peau de poulet » pour parler de moi. Ça m'a énormément soulagée.

Vendredi 17
JOUR DE PROJO

Je n'ai encore rien écouté en cours aujourd'hui. J'étais trop excitée par l'événement. J'ai mis du fard à paupières coloré mais on aurait dit un hématome jour 3 après une chute de cheval. J'ai voulu tout enlever mais, comme on n'avait plus de coton démaquillant, j'ai fini au gant de toilette. Je me suis regardée dans le miroir, j'avais l'air d'avoir fait une réaction allergique à la cacahuète. La gueule de merde. La journée est passée au ralenti. Je suis allée vérifier plusieurs fois si les indices étaient toujours là où on les avait mis. Personne ne les avait trouvés. Je commençais à angoisser. Et si elle les avait trouvés mais refusait de jouer le jeu ?

Puis l'heure de la projection est arrivée. Le film allait démarrer et Lucie n'était toujours pas dans le CDI. J'ai commencé à paniquer mais j'étais coincée parce que j'avais accepté de tenir le vidéoprojecteur qui penchait car il manquait une vis au bras télescopique qui lui sert de support. Comme je n'avais pas envie qu'on regarde le film de travers et qu'en ce moment, je ne suis pas vraiment en position de refuser un service demandé par un prof, j'ai accepté. Jessica a vu ma panique et s'est dévouée pour aller chercher Lucie.

Elle est revenue pile au moment où le film commençait et Lucie était avec elle. J'aurais voulu lui faire coucou mais j'avais les mains prises. Je devais avoir l'air tarée. Puis la projection a commencé et je n'ai plus eu d'yeux que pour le film, car je ne l'avais encore jamais vu.

J'ai découvert le casting.

– Audrey et Cécile, deux meufs de la bande Prout jouaient Luce et Loulou. Dès les premières répliques, ça rigolait. Je suis presque sûre que Lucie aussi ! J'étais trop contente. Le film est hyper marrant. Je suis super fière. C'est à la fois complètement nul et génial, c'est en mode voilà quoi.

– M. Pain a accepté de jouer son propre rôle à condition qu'on arrête tous de l'appeler « M. Pain » mais Christian, son véritable prénom. C'est mort.

– Éclat de rire quand j'ai vu qu'ils avaient choisi JÉRÔME pour jouer Madjid, le bogoss : ça rend trop bien !

– Yasmina est interprétée par Jessica. Sans surprise, elle est incroyablement cinégénique. On dirait Margot Robbie dans *Le Loup de Wall Street.*

À la fin du film, il y a eu un tonnerre d'applaudissements. On était tous trop heureux. C'était génial. Puis on a commencé à s'autocongratuler. C'était hyper agréable. Alors que j'étais en train de féliciter un mec pour sa performance dans les premières secondes du film (on le voit attendre calmement son tour dans la file de la cantine) en lui disant « Bravo, c'était impressionnant de précision », Lucie est venue me trouver pour me parler. Je pensais que le jour où on s'adresserait à nouveau la parole, on se tomberait dans les bras, mais en fait wow, pas du tout. Elle m'a sorti, d'une traite et sans reprendre sa respiration : « Mais toi t'es une baisée de la tête. T'as failli me faire rater la projection avec ton jeu de grosse bouffonne. Bien sûr j'suis invitée, y a Jérôme dans le film. PUTAIN ! J'étais là à chercher tes bouts de papier de teubée dans la benne du parking wesh, avec tes indices tout claqués. Je savais que c'était toi la chasse au trésor, j'pensais que t'allais t'excuser mais t'es toujours là à foutre la merde c'est un truc de ouf. Bye. » Elle a tourné les talons et elle a disparu. Jérôme a attendu une seconde, a amorcé son départ puis a renoncé. Il m'a dit : « Merci pour le rôle. Salut. »

Purée, j'ai rien compris à ma vie.

Samedi 18

Je n'arrête pas de repenser à l'euphorie qui a suivi la projection. Je veux vivre ça tous les jours. Tout le monde a l'impression d'avoir fait partie d'un projet qui a contribué à construire un pan de l'humanité. Alors que bon, ça reste un petit film minable de fin d'année. J'imagine qu'à la fin de l'avant-première de *Camping 2*, tous les membres de l'équipe se sont aussi pris dans les bras avec intensité et émotion en se remerciant pour cette aventure. C'est beau, ça veut dire que ce qui compte c'est vraiment le voyage et pas la destination.

À la fin, Jessica m'a avoué que c'était elle qui avait proposé Jérôme pour le rôle de Madjid en lui disant que c'était mon idée. Quelle femme. Je vais lui organiser une chasse au trésor, elle le mérite. Je rigole, je pense que je commence à apprendre de mes erreurs. Ça aurait été la journée parfaite si Mehdi ne m'avait pas ignorée tout du long. Je suis trop triste.

Dimanche 19

J'ai dormi toute la journée tellement je suis déprimée, alors que demain c'est l'écrit du bac de français. Avec tout ça, je n'ai rien révisé mais je compte sur mes talents de scénariste émergente pour cacher la misère et m'en sortir avec un dix. Mehdi me manque. Si notre histoire était un film, ce serait un court-métrage, ou un très-court-métrage, enfin même pas un TikTok. Je suis dégoûtée, on avait le potentiel pour une trilogie, voire une saga.

Lundi 20

En voyant tout le lycée réorganisé pour les écrits du bac, je me suis tapé un énorme coup de pression. Je suis vraiment la reine des connes de ne pas avoir bachoté. Je voyais tout le monde faire des révisions de dernière minute, je crois que je n'ai pas pris la mesure de l'événement. Certains avaient même apporté une gourde, des bananes et des barres de céréales comme s'ils se préparaient pour le marathon de Paris. Énorme angoisse. J'ai sué du genou pendant l'épreuve. Je ne connaissais rien de l'écrit d'invention. J'ai fait mon maximum pour, au moins, ne faire aucune faute d'orthographe. En sortant de la salle, je me suis mise à chialer comme une fille qui a raté son épreuve du bac de français. J'ai foncé vers la sortie pour ne croiser personne et surtout pas Mehdi. Évidemment, il fallait que je tombe sur Lucie et Jérôme en train de comparer leurs plans de dissertation et de rigoler parce qu'ils avaient, à peu près, fait la même chose. Ils ont stoppé net leurs rires mièvres quand leurs regards ont croisé le mien.

Je suis rentrée chez moi. Je me suis effondrée dans les bras de ma mère qui a tenté de me réconforter en me disant qu'elle n'avait pas dépassé le BEPC et qu'elle s'en était quand même sortie dans la vie. Je lui ai dit que ça ne me réconfortait pas du tout. Elle m'a engueulée et m'a dit qu'il ne me restait plus qu'à me reprendre et à me bouger fissa pour cartonner l'oral de vendredi.

Mercredi 22

J'ai révisé à bloc toute la journée d'hier et d'aujourd'hui. Pour me récompenser, ma mère m'a donné une lettre qu'elle avait trouvée le matin au courrier. Elle ne voulait pas me troubler dans mes révisions. C'était Lucie.

Salut Louise,

Je t'écris parce que tu as plus de tel et que je voulais te dire merci pour la chasse au trésor, même si c'était genre juste trop mal fait le bail, ça m'a touchée. Je bade parfois quand je pense à tous les bons moments qu'on a passés

ensemble, je sais que toi aussi tkt pas. Si aujourd'hui t'es + mon amie, chose qui est super triste à dire quoi, je voulais te dire que c'est parce que tu juges tout le monde de manière hâtive sans te regarder dans le miroir, ça fatigue. Tu devrais faire attention à ton comportement parce que tu es malheureusement porteuse du gène du seum en fait. C'est dans ton ADN d'avoir la rage même. C'est Jérôme qui m'a dit de t'écrire parce que tu faisais peine après le bac de français genre. Il propose de te prêter ses fiches pour l'oral. Tu peux venir demain à la maison pour réviser. Je sais que t'es pas une mauvaise personne au fond même si t'as bien mérité de t'faire hagar par Shneider. J'ai pas avancé dans Zumba Burn It Up ! parce que je suis bloquée on pourra test. Lucie.
PS : N'apporte pas de Knacki stp.

JE SUIS TROP CONTENTE !!

Jeudi 23

Je suis allée chez Lucie avec des canettes de Monster, des bananes et des barres de céréales. J'étais toute penaude, je ne faisais pas la fière. J'ai eu des frissons de bonheur en rentrant à nouveau dans le beau duplex suréquipé. Ça sentait encore meilleur que dans mes souvenirs. C'était l'odeur de la plus chère bougie de tout le magasin Diptyque, parfum luxe je pense. On a bossé tout l'après-midi avec les fiches de Jérôme, j'ai halluciné de leur beauté. Il pourrait facilement les revendre sur Vinted à prix d'or.

Au début, c'était un peu tendu. Et puis, elle a commencé à énoncer « La poésie de Guillaume Apollinaire s'invente-t-elle en rejetant le passé ? » avec son accent de banlieue, j'ai éclaté de rire. Finalement, l'amitié avec Lucie, c'est comme le vélo, ça ne s'oublie pas. Je rigolais à chaque fois qu'elle disait une dinguerie de truand et c'était reparti comme en quarante.

Quand on en a eu marre, elle est allée chercher la Switch dans la pièce de son père. Par curiosité, je l'ai suivie et j'ai constaté avec stupeur que la salle de jeux pour adultes de son daron était devenue un studio de yoga et de lithothérapie aux inspirations scandinaves. J'ai compris que ce bon vieux Laurent avait dû dégager avec tout son attirail Apple, car de lui ne restait que le gym ball. En voyant ça, je me suis fait le film mental des derniers mois qu'elle a dû traverser sans moi. Je me suis sentie trop bête et je l'ai prise dans mes bras en m'excusant d'avoir été une sombre conne. Elle s'est mise à pleurer comme un petit chiot. Elle pleure si rarement que quand ça arrive, c'est un insoutenable crève-cœur. Je me souviens de la première fois qu'elle a chialé, en primaire, quand elle a fait tomber une carte Pokémon brillante dans le trou d'une plaque d'égout, je me suis aussi mise à pleurer avec elle. Je lui ai promis que je serais toujours là maintenant et je lui ai offert le petit bol trop moche que j'avais fait pour elle au cours de poterie. En continuant de sangloter, elle a dit « C'est quoi cette merde, il est trop cheum. » On a trop ri.

Vendredi 24

Je suis en vacances, youhou !! L'oral du bac s'est bien passé grâce aux fiches de Jérôme[1]. On était convoquées le même jour avec Lucie et Jessica, dans le lycée Guillaume-Budé de Limeil-Brévannes. On s'est attendues pour rentrer ensemble en bus. On s'est installées dans un carré pour quatre. On a toutes eu l'impression d'avoir fait de notre mieux. Je pensais que ce serait bizarre de zoner toutes les trois mais Lucie a proposé spontanément d'aller chez elle pour jouer à *Zumba Burn It Up !* vu que sa mère n'était pas là. On a commandé des grosses Bacon Groovy, et Jessica a passé tous les niveaux du jeu sur lequel on était bloquées depuis un an, avec une facilité déconcertante, on hurlait comme des tarées. J'ai pensé qu'on faisait peut-être trop de bruit pour la voisine mais je me suis abstenue de le dire à voix haute.

Samedi 25

En scrollant des heures sur mon portable, je suis tombée sur une vidéo dans laquelle une fille témoignait du harcèlement scolaire qu'elle avait subi pendant sa scolarité. Je me suis sentie mal immédiatement. Je me suis rendu compte que je me suis toujours identifiée à la victime, car moi aussi je m'en suis pris plein la gueule à l'école. Avant j'aurais pensé « Ce sont vraiment des connards pour faire ça ». Mais voilà, en fait, je fais partie des connards. Je me demande combien de personnes peuvent prétendre qu'ils n'ont jamais fait partie des connards ?

1. Le truc que je n'aurais jamais pensé dire un jour.

J'arrive à la fin de mon cahier. J'aurais préféré être l'héroïne de mon journal mais je suis la méchante du film. Un peu dégoûtée. En plus, je suis un peu moche alors que souvent la méchante est quand même canon et c'est pour ça qu'elle n'a pas besoin d'être gentille. Je m'en fous complètement de ne plus sortir avec Mehdi car je me souviendrai à peine de lui dans vingt ans alors que Lucie et Jessica seront toujours mes meilleures amies.

Purée, j'ai reçu un message de Mehdi :

Jfé une soiré se soir, tu vien ?

Oh Lord.

FIN

DÉCOUVREZ LES AUTRES PUBLICATIONS 100 % HUMOUR ET ÉMOTIONS DE SLALOM

Un grand bain d'humour et de féminisme !

#Féminisme
#Humour
#Bodypositive

À 17 ans, Emma aime la natation, son frère presque jumeau, le chocolat et dessiner dans les marges de ses cahiers. Elle serait à un cheveu de la belle vie si elle n'avait pas perdu les siens, de cheveux, deux ans plus tôt (tandis que le reste de ses poils a continué à pousser, merci bien !). Affublée d'une perruque avec laquelle elle entretient une relation d'amour-haine quasi mystique, Emma décide de profiter du déménagement de sa famille pour repartir de zéro. Nouvelle vie, nouveaux amis... et peut-être un premier amour !

Une collégienne face à la grossophobie dans une ode à l'acceptation de soi touchante et drôle.

#Harcèlement
#AcceptationDeSoi
#Humour

Jemima a 13 ans, elle est brillante et pleine d'humour mais elle se sent insignifiante, sans cesse rabaissée par les remarques blessantes sur son poids. Comment s'accepter quand le regard des autres devient insupportable ? Comment s'intégrer quand on est forcé de participer au « Club des gros » à la pause déjeuner ? Alors qu'elle connaît la pire année de sa vie, Jemima va peu à peu se libérer du carcan dans lequel elle s'est enfermée pour enfin se révéler à elle-même... et aux autres.

Une correspondance inattendue, une grave maladie, les débuts d'une histoire d'amour sur fond d'humour, d'espoir et de littérature.

#Humour
#Maladie
#Correspondance

Axel vient de trouver une bouteille à la mer. Elle appartient à Charline qui s'ennuie sur son île d'Ouessant. Un échange par mail commence entre les deux adolescents. Le ton léger de leur correspondance prend une autre dimension lorsque la jeune fille apprend qu'elle est atteinte de leucémie. Sa mère est effondrée, son père absent, sa seule bouée de sauvetage : Axel. L'humour est leur meilleure arme face au protocole de chimio, aux médecins parfois maladroits, à la vie ascétique à l'hôpital... Et entre des parents auteurs-illustrateurs totalement immatures et une grand-mère anarchiste qui perd la tête, Axel a de quoi puiser assez d'inspiration pour soutenir Charline !

Toute notre actualité et nos auteurs sur :
www.slalom-editions.fr